rororo

ro
ro
ro

Nils Mohl, geboren 1971, lebt und arbeitet in Hamburg. Für seinen Roman «Es war einmal Indianerland» wurde er u. a. mit dem Oldenburger Kinder- und Jugendbuchpreis und mit dem Deutschen Jugendliteraturpreis ausgezeichnet. Bei Rowohlt erschienen neben «Es war einmal Indianerland» auch «Stadtrandritter» und «MOGEL».

«Ein böses, oft sehr witziges Gesellschaftsporträt.» (Hamburger Abendblatt)

«Ein ungewöhnliches Buch, ein spannendes Buch.» (jetzt.de)

«Sein Held ist der Kassierer, ein Mann ohne Eigenschaften und soziale Bindungen, dafür mit einer ausgeprägten Beobachtungsgabe und Sinn fürs Absurde. Der Mann sammelt Eindrücke wie Kassenbons, die das Format vorgeben, in dem er sie als Erzähl-Spots wieder ausstößt. Prima hellsichtig versponnen übrigens die Überlegungen zu einem fiktiven Studium der Enzyklopädie, die sich hier als erstaunlich lohnende Wissenschaft entpuppt.» (Kieler Nachrichten)

NILS MOHL

KASSE 53

ROMAN

Rowohlt
Taschenbuch Verlag

Veröffentlicht im Rowohlt Taschenbuch Verlag, Reinbek
bei Hamburg, Januar 2015

Der Roman erschien zuerst 2008 im Verlag Achilla Presse
Umschlaggestaltung any.way, Cathrin Günther
Satz aus der Minion PostScript, InDesign, bei
Pinkuin Satz und Datentechnik, Berlin
Druck und Bindung CPI books GmbH, Leck, Germany
ISBN 978 3 499 26898 4

Danke, Max

Alles hängt vom Zustand unserer Maschine ab.
La Mettrie

Innenstadt | ein Strom endlos anonymen Daseins

Tauben stelzen, dabei kaum vernehmlich girrend, gurrend, rucksend, zwischen den Abfällen umher, zwischen Zigarettenkippen, Speiseresten, zwischen Folien- und anderen Kunststoffschnipseln. Picken in der Nähe der Mülltonnen, unter den von kleinen Zierahorn-Bäumchen beschatteten Bänken der Fußgängerzone in den Ritzen und Fugen des in regelmäßigen Rechteckverbänden verlegten, rötlich glimmernden Granit-Pflasters nach Krumen, Körnern, Essbarem. Straßentauben mit schieferblauem, eng anliegendem Gefieder, schwärzlichen Schnäbeln, mit violett bis grün schimmernden Hälsen. Es ist kurz vor elf am Vormittag. Ein Obdachloser hockt unweit des Eingangs eines Schuhgeschäfts hinter einer Pappschachtel, an seiner Seite döst ein Hund in der Sonne. Gegenüber, vor dem Schaufenster einer Parfümerie, spielt eine blasse, nicht mehr junge Frau mit halb geschlossenen Augen und gesenkter Stirn Akkordeon. Passantinnen, Passanten hasten, schlendern, trotten, schreiten, hetzen, bummeln vorbei, einzeln und doch auch miteinander, aber jede und jeder in einem anderen, ganz eigenen Tempo, von gemächlich bis presto, von andante bis Stechschritt. Die meisten kommen aus Richtung des in der Nähe gelegenen Bahnhofs, eines Durchgangsbahnhofs, der täglich von knapp achthundert Fern- und etwa eintausend S-Bahn-Zügen angefahren wird. Eine weithin sichtbare Bahnsteighalle, eine knapp vierzig Meter hohe, freitragende Stahl-Glas-Konstruktion, überspannt den im ehemaligen Stadtgraben eingesenkten Gleiskörper. Hier, am Hauptbahnhof dieser knapp zwei Millionen Einwohner zählenden europäischen Hafenmetropole, treffen um diese Uhrzeit, kurz vor Beginn ihres Spätdienstes, noch eine ganze Reihe Angestellter der umliegenden Geschäfte, Gastronomiebetriebe und Warenhäuser ein, unter ihnen auch Mitarbeiter des größten technischen Kaufhauses der Stadt, die das Bahnhofsgebäude samt seiner Geräuschkulisse, eines hallenden Gewirrs aus Stimmenfetzen, Lautsprecheransagen, Signaltönen und dem pausenlosen Gelärme der an- und abfahrenden Züge, auf der Westseite verlassen. Ein böiger Wind weht über den Vorplatz. Die Luft ist mild, sommerlich warm. Über die den Bahnhof von der Innenstadt trennende, in beiden Richtungen zweispurige Straße schleppt sich immer wieder stockend der Autoverkehr. Die Mitarbeiter des großen technischen Kaufhauses queren die Straße an einem Ampelübergang, gelangen, als Teil eines in die City drängenden, schwärmenden, einfallenden Menschenpulks, in die Fußgängerzone: Hohe, auf massiven Sockeln ruhende Gebäude mit zumeist steinernen Fassaden links sowie verklinkerten Fassaden rechts dominieren den etwa zwanzig Meter breiten, korridorartigen Straßenzug, recken sich über fünf, zum Teil auch sechs, sieben Stockwerke in den nahezu wolkenlosen Augusthimmel. Farbige Markisen, Schilder, Banner, Leuchtreklamen, Schriftzüge prangen über den hohen, verglasten Erdgeschossen und offenen Eingangsbereichen. In einem fort strömen Neugierige in die Geschäfte hinein, Kunden aus den Geschäften heraus, mit Tüten, Jutebeuteln, Tragenetzen, Hand-, Unterarm- und Umhängetaschen, Köfferchen, Aktenmappen, Tüten und immer wieder Tüten in den Händen. Gelb-blau-weiß sind sie bei denen, die ihre Plastiktragetaschen nach dem Einkauf in dem großen technischen Kaufhaus bekommen haben: einem alten Familienunternehmen, das sich im Laufe der Jahre von einem kleinen, in einem Vorort der Stadt ansässigen Fahrrad- und Rundfunkgerätehandel zu einer Kaufhauskette mit über vierzig Filialen entwickelt hat. Geleitet wird dieser Einzelhandelskonzern inzwischen vom Enkel des vor zwanzig Jahren verstorbenen Firmengründers, und der heutige Sitz des Haupthauses, gelegen inmitten der längsten und bekanntesten Fußgängerzone der Stadt, gilt als Topadresse. Nirgends in der Innenstadt ist die Kundenfrequenz höher. Und das liegt nicht zuletzt auch an den Dimensionen des Hauses. Mit seiner sich über fünf Stockwerke vom Tiefparterre bis zur dritten Etage erstreckenden Gesamtverkaufsfläche von rund vierundzwanzigtausend Quadratmetern, was in etwa den Ausmaßen von drei bis vier Fußballfeldern entspricht, zählt es zu den größten seiner Art in Europa. Mehr als eintausendzweihundert Mitarbeiter sind hier beschäftigt.

Es ist kurz vor elf am Vormittag.

In der Kantine im vierten Stock werden Zigaretten in Glasaschenbechern ausgedrückt, weiße Kaffeetassen auf orangefarbene Hartplastiktabletts gestellt. Es riecht nach Großküche. Der Raum ist sonnendurchflutet, die Luft trotz der geöffneten, in den Dachschrägen versenkten Kippfenster stickig. Man schaut auf Handgelenksuhren, gähnt, stöhnt, lächelt, schaut zur Wanduhr hoch, beendet Gespräche, streckt sich, reckt sich, nickt sich zu: vier Minuten vor elf. Allgemeines Stühlerücken setzt ein. Die letzten an den in parallelen Reihen aufgestellten Tischen verteilt, allein oder in Grüppchen beieinander sitzenden Spätschichtmitarbeiter erheben sich, nicht gleichzeitig, aber nach und nach, bringen das benutzte Geschirr zur Geschirrrückgabe. Dort, am Kopfende des Raumes, hängt, in rahmenloses Plexiglas gefasst, an der Wand direkt neben der Geschirrrückgabe, der tabellarische, auf DIN A4 frisch ausgedruckte Menü- und Speisenplan für die aktuelle Woche, die 31. Kalenderwoche 1999. Man wirft einen flüchtigen Blick auf die Spalten Suppe, Stammessen I, Stammessen II, liest Altbekanntes: von *Geschnetzeltem Züricher* bis *Fischfilet Müllerinart*, keine Überraschungen. Die Tabletts werden auf ein leise vor sich hin brummendes Laufband gestellt, man steuert den Kantinenausgang an. Ein abgetretener, graumelierter Spannteppich schluckt die Schrittgeräusche. Die ersten, von ihren Kollegen bereits zur Pause abgelösten Frühschichtler erscheinen, kommen den die Kantine verlassenden Spätschichtlern entgegen, man grüßt sich, kurz, beiläufig, im Vorübergehen: *Hallo, hallo, guten Morgen, Mahlzeit, alles klar, na, wie geht's?* Die Spätschichtler verlassen die Kantine durch eine Glastür, betreten einen kurzen Flur, gelangen in ein schmales, spärlich beleuchtetes Treppenhaus. Angenehm kühl ist es hier. Vor dem Fahrstuhl, den um diese Uhrzeit kaum jemand benutzt, geht es nach links, nach unten, in die dritte, zweite, erste Etage, ins Erdgeschoss, ins Tiefparterre. Man hört von oben die weiter unten durch den Schacht hallenden Schrittgeräusche, hört eine nicht zu bestimmende Anzahl Schuhpaare über die stumpfen, mattdunklen Quadrate, beige-grau marmorierte, schwarze Fliesen, tappen, treten, schlappen, quietschen, stöckeln. Der saure Geruch von äthylazetathaltigem Essigreiniger beißt in der Nase. Vor etwa einer halben Stunde hat die Putzkolonne den Boden Stufe für Stufe für Stufe, Treppenabsatz für Treppenabsatz, nass gewischt, ein paar verschwindende Spuren, feucht schimmernde Stellen, filmige Putzwasserrückstände an den Fußleisten, in den Ecken, weisen noch darauf hin. Zwei Minuten vor elf. Die letzten Spätschichtler verlassen das Treppenhaus, den Personalbereich, betreten durch von außen eher unscheinbare, teils halb verdeckte Zugangstüren die Verkaufsräume, begeben sich zu ihren Abteilungen, ihren Arbeitsplätzen: Verkäuferinnen, Verkäufer, Kassiererinnen, Kassierer, die Servicekräfte der Warenausgaben. Und alle, ohne Ausnahme, tragen sie auf ausdrücklichen Wunsch der Geschäftsleitung blassblau-weiß gestreifte, langarmige Firmenhemden. An den aufgenähten Hemdbrusttaschen, direkt über dem eingestickten Firmenlogo, einem etwa daumennagelgroßen, schräg nach rechts geneigten Versal, einem *B*, klemmen Namensschilder, auf die in maschinenschriftlichen Druckbuchstaben der jeweilige Nachname mit der entsprechenden, vorangestellten Anrede, Herr, Frau, geschrieben ist. Neun Stunden inklusive einer halbstündigen Mittags-, zweier Fünfzehn- und einer inoffiziellen Fünf-Minuten-Pause werden ab jetzt bis zum Feierabend vergehen.

Blassblau-weiß gestreifte, langarmige Firmenhemden.

Wie alle anderen männlichen Mitarbeiter trägst du eine Krawatte deiner Wahl, in diesem Fall eine mit schwarz-lila-silberfarbenem Rhombenmuster. Du rückst im Gehen noch einmal an dem Windsor-Knoten herum, verlässt dann das Treppenhaus im ersten Stock, trittst durch die Tür, die zur Lampenabteilung führt: Es blinkt von Kunststoff, Aluminium, Licht. Du hältst dich links, nimmst die Rolltreppe ins Erdgeschoss, auf der Zunge dieses markante, parasynthetische Arom, ein unaufdringliches, halbsteriles Bukett aus Originalverpackung, Pheromonrudiment, gefilterter Luft. Die Klimaanlage rauscht, leise, kaum hörbar, allgegenwärtig. Surrt, überlagert von dem wabernden Mischmasch aus Stimmen, Sprachschall, Lauten, Klängen, Geräuschen, Hintergrundmusik, summt als Grundton der polyphonen, akustischen Kulisse des Kaufhauses, untermalt von gleichmäßig getaktetem Geratter der Rolltreppen. Du gehst nach rechts, vorbei an der Information, vorbei an der Foto- und der Installationsabteilung, vorbei an lückenlos gefüllten Regalen, gehst über matt glänzendes, graues Linoleum in Richtung Haupteingang. Menschen, neben-, vor-, hintereinander herlaufend, strömen, selbst im größten Gewühl dabei einander nicht berührend, kaum einmal streifend, durch breite, gläserne Schwingtüren in den Laden, schwärmen, gefolgt von den ihnen nachströmenden Menschen, einzeln, im Pulk, als Paar, andere überholend, von anderen überholt werdend, aus, dir entgegen, an dir vorbei. Zehn, zwanzig Leben pro Sekunde, Teil keines Ganzen, keiner Ordnung, wie dir scheint, keiner für dich erkennbaren wenigstens. Teil einer undefinierbaren Masse vielleicht, die ihrerseits wieder Teil einer noch größeren Masse ist, Teil einfach eines augenscheinlich nicht abreißenden, nervös, scheinbar ziellos in das Kaufhaus hineinsprudelnden, hineinschwappenden Stroms. Ein Strom endlos anonymen Daseins. Die Anderen des Kaufhauses: Gesichter, Pigmente. Nichts, was sich bewegt, hinterlässt mehr als ein nur flüchtiges, unscharfes Bild auf deiner Netzhaut, trotz geradezu perfekter Lichtverhältnisse. Perfekt, weil das Licht der in parallelen Reihen, in einer Ebene mit der grau gesprenkelten, wabenartigen Kassettendecke angeordneten Lamellenrasterleuchten einfach alles, Einrichtung, Sortiment, Dekoration, in eine unaufdringliche, in eine sachliche Tageslichthelle taucht. Farben, Schrift, Preisetiketten, Schilder, Verpackungskartons, Ausstellware, Angestellte, Kunden, jede Ecke, jeder Winkel, jeder Tresen, jeder Gang, alles ist gleich ausgeleuchtet: gleich hell, gleich augenfreundlich, beinah schattenlos. Eine Minute vor elf. Kurz vor dem Eingang biegst du nach links ab, gelangst in die CD-Abteilung. Frau Kusch, deine Kollegin, die Ellbogen auf dem Tresen, das Kinn auf die Handrücken der ineinander gefalteten Hände abgestützt, lächelt dir entgegen. Du wünschst ihr einen guten Morgen. *Guten Morgen, Frau Kusch.* Frau Kusch grüßt zurück, schiebt einen Riegel auf der Rückseite der drei mal zwei Meter fünfzig großen, halb verglasten Box, in der sie sitzt, zurück. Die Tür schwingt auf.

Beinah schattenlos.

Die Kassen in diesem Kaufhaus sind keine dieser supermarkt-, fachmarkt-, discountkettentypischen Kassenschachteln, keine in Reihe aufgestellten und in Ausgangsnähe platzierten, an Legebatterien erinnernden, optisch völlig identischen Laufband-Kassenkästen. In diesem Kaufhaus sind die Kassen über alle Stockwerke, alle Abteilungen verteilt; insgesamt achtundzwanzig Stück, von denen an normalen Tagen, an Tagen wie diesem, aber nicht mehr als zwanzig besetzt sind. Ihr Design korrespondiert mit den jeweiligen Gegebenheiten der Abteilungen, und bei jedem Umbau werden sie neu gestaltet, erhalten bei Standortwechsel sogar eine neue Nummer, weshalb die Zählung, obwohl es keine entsprechende Anzahl Kassen im Haus gibt, mittlerweile bis zur Nummer dreiundfünfzig reicht. Kasse dreiundfünfzig, die Kasse, an der du arbeitest, gehört zu den schlicht, eckig, in erster Linie funktional, nicht zuletzt Platz sparend entworfenen Exemplaren: viele rechte Winkel auf wenig Raum. Mehr als der Drehstuhl, auf dem du sitzt, passt nicht hinein in die Box. Auf der schmaleren, der Abteilung zugewandten Längsseite, nach hinten und auch ein schmales Stück nach vorn, dort nämlich, wo die Kasse steht, schirmen ein Meter zwanzig hohe Plexiglasscheiben deinen Arbeitsplatz gegen den Verkaufsraum ab, der Tresenbereich ist offen und unverglast. Der Tresen selbst ist aus massivem, robustem Holz gefertigt, mit einem nebelgrauen, abwaschbaren Kunststoffbelag beschichtet, misst in der Tiefe exakt einen Meter und einen Meter fünfzig in der Breite. An den Kanten sind schmale Winkelleisten aus Aluminium verschraubt. Elf Uhr drei. Frau Kusch, die dich und die Kollegin von der Rundfunkkasse später im Wechsel, einem minutiös geregelten Pausenplan folgend, zum Mittag, zum Kaffee, zum Abendbrot ablösen wird, hat sich inzwischen auf den Weg in die Kantine gemacht.

Du justierst den Drehstuhl, stellst ihn auf eine dir angenehme Höhe ein, kontrollierst Journal- und Bonrolle, öffnest die Kassenlade, schaust, ob genügend Münzgeld in den Fächern liegt, schließt die Kassenlade, überprüfst die Bestände an Wechselgeld in der Schublade rechts von dir. Zehn Rollen Pfennige, zwei Rollen Zweipfennige, zwei Rollen Markstücke, drei Rollen Zweimarkstücke, zwei Rollen Fünfer: das Wechselgeld, das deine Kollegin heute früh vor Ladenöffnung aus dem Kassenbüro geholt hat. Du angelst eine halb volle 1000-ml-Flasche eines Putzmittels mit dem Namen *Kristall-Klar* nebst einem bunt karierten, zweimal gefalteten Wischlappen, der täglich von der Putzkolonne dort bereitgelegt wird, unter dem Tresen hervor: Blau ist sie, die Flüssigkeit in der *Kristall-Klar*-Flasche, tief blau. Du schraubst den Deckel ab, drückst den Lappen gegen die Öffnung, drehst die Flasche einmal kurz auf den Kopf und wieder zurück, wischst mit dem benetzten Lappen über Konsole, Tastatur, Tresen, Ablage. Seit knapp einem Jahr machst du das so, jeden Morgen. Seit knapp einem Jahr arbeitest du an der Kasse der CD-Abteilung. Du bist achtundzwanzig Jahre alt. Vor zwei Tagen, am Samstag, hast du Geburtstag gehabt.

KUNDE # 0001 – # 0746

KAUFHÄUSER SIND FÜR ALLE DA

– Neunzehnneunundneunzig.

Den Pfennig habe ich schon in der Hand. Der Kunde, ein hemdsärmeliger, frisch gefönter, mittelgroßer Enddreißiger, fummelt an seinem Portemonnaie herum. Er sagt:

– Geht sofort los.

Die CD ist entsichert, der Preis eingescannt, der Bon gedruckt: Knapp achtzehn Sekunden hat das gedauert. Ich könnte längst den nächsten Kunden bedienen. Der Fummler sagt:

– Ah, da haben wir ihn ja.

Er legt einen Zwanzigmarkschein auf den Tresen, bekommt den Pfennig. Ich frage:

– Eine Tüte?

Der Fummler blickt auf die CD, zupft sich an der Nase, denkt nach, als würde die Antwort sein ganzes weiteres Leben entscheiden. Ich sage:

– Keine falsche Bescheidenheit, es sind reichlich da.

Ich deute auf den Tütenstapel. Der Fummler sagt:

– Überredet.

Ich lasse den Tonträger in eine Plastiktragetasche gleiten, sage:

– Danke schön.

Der Kunde greift zu. Und während ich mich von ihm verabschiede, entsichere ich bereits die nächste CD, einen aktuellen Charterfolg zum Aktionspreis:

– Vierundzwanzigneunundneunzig.

Geld wechselt die Seiten, ich biete eine Tüte an, der Käufer nickt:

– Darf ich Ihnen ein Kompliment machen?

Ich händige ihm die Ware aus, sage:

– Bitte. Davon kann ich nie genug bekommen.

Er schenkt mir ein ironiefreies, feierliches Lächeln, sagt:

– Sie sind der mit Abstand schnellste Kassierer, den ich kenne.

Montag | 2. August 1999

[# 0057]

Knapp vierzig, schlank, feine Gesichtszüge: Die Kundin trägt einen Geigenkasten an einem Lederriemen über der Schulter. Bis auf ein auffälliges, avocadoschalenfarbenes Nicki-Halstuch ist sie dezent, komplett schwarz gekleidet. Sie fragt:

– Zweiunddreißigneunundneunzig, der Preis ist doch richtig, oder?

Ist er. Sie gibt mir einen Fünfzigmarkschein. Ich sage:

– Danke. Und siebzehn Mark und einen Pfennig bekommen Sie zurück.

Ich lege einen Zehner, einen Fünfer, ein Zweimark- und ein Pfennigstück auf den Tresen. Sie nimmt den Geigenkasten von der Schulter, öffnet die Klappverschlüsse. Ich frage:

– Möchten Sie eine Tüte haben, oder geht das so mit?

Die Kundin nestelt an ihrem Nicki-Halstuch, überlegt einen Moment, sagt:

– Mhm, ich glaube, ich hätte gern zwei kleine.

Eine CD, zwei Tüten. Das leuchtet nicht auf Anhieb ein. Ich sage:

– Sie können auch eine große haben, wenn Sie möchten.

Die Kundin schüttelt kurz, aber bestimmt den Kopf, meint:

– Das ist sehr nett, aber zwei kleine wären mir wirklich lieber.

Ich gebe sie ihr. Sie faltet sie zusammen, verstaut sie samt CD im Geigenkasten.

[Tragetaschen]

Tüten, präzise: Polyethylen-Tragetaschen aus weiß eingefärbter Niederdruckfolie mit Griffloch. Vier verschiedene Größen stehen zur Auswahl: sehr klein, klein, mittelgroß und groß. Jedem Kunden wird eine angeboten, und je nach Bedarf, Temperament, Laune, Geisteshaltung, Gesinnung und Charakter wird das Angebot ignoriert, angenommen oder ausgeschlagen: sachlich zurückhaltend oder gewollt witzig, begeistert zustimmend oder indigniert ablehnend, gut gelaunt oder offen patzig, freudestrahlend oder mürrisch, kopfnickend oder kopfschüttelnd, silbenreich oder wortlos. Eine Tüte? Die Vielfalt an Reaktionen auf eine Frage, die mit einem einfachen Ja oder einem einfachen Nein hinreichend beantwortet wäre, ist verblüffend. *Bitte, gerne. Danke, nicht nötig. Heute mal. Heute nicht. Weil heute Montag ist. Montags nie. Von mir aus. Vielleicht später. Bevor ich mich schlagen lasse. Kann nicht schaden. Sind Sie so nett. Wenn's denn sein muss. Wenn Sie eine hätten. Warum eigentlich nicht? Mensch, prima. Klar. Yo. Unbedingt. Großartig. Aber hallo. Ich bestehe darauf. Ganz lieb. Immer her damit. Auf jeden Fall. Yes, Sir. Das wäre wohl sinnvoll. Das wäre sehr nett. Das wäre praktisch. Das wäre nicht schlecht. Das wäre von Vorteil. Das wäre nützlich, ich habe nämlich keine Tasche dabei. Meine Tasche ist schon voll. In meiner Tasche ist leider kein Platz mehr. Ich habe meine Tasche zuhause liegen lassen. Kein Bedarf. Ich verzichte. Nö. Hab schon. I wo, man weiß ja gar nicht, wohin, vor lauter Tüten. Vielleicht ein andermal. Brauche ich nicht. Das geht noch so mit. Ich habe einen Rucksack dabei. Ich habe einen Jutebeutel dabei. Ich habe eine Sporttasche dabei. Wir wollen doch die Umwelt ein wenig schonen.* Und so weiter.

Und so fort. Die beiden seltensten Antworten sind: ein einfaches *Ja*, ein einfaches *Nein*.

[# 0083]

– Eine Tüte?

Der Kunde starrt mich an, fragt:

– Bitte?

Anfang zwanzig, Tolle, Fusselbart, breiter Mund, riesige, weit vorstehende Augen: Er sieht aus, als hätte er mit einem Frosch gepokert und dessen Sehwerkzeuge gewonnen. Ich wiederhole:

– Eine Tüte?

Froschauge entblößt die ziemlich verwachsene Zahnreihe seines Oberkiefers:

– Wieso sagen Sie eigentlich alles zweimal?

Er bricht in schallendes Gelächter aus. Seine Tolle wippt auf und ab. Er meint:

– Entschuldigung, das ist gerade mein Lieblingswitz.

Was für ein Schenkelklopfer. Ich sage:

– Prima Timing, die Pointe sitzt. Wie war das nun mit der Tüte?

Froschauge deutet auf sein Sweatshirt mit Cannabisblatt-Motiv. Er sagt:

– No dope, no hope. Mit anderen Worten: Eine Tüte ist nie verkehrt.

Ich gebe ihm eine. Er kramt einen Zettel aus der Hosentasche:

– Haben Sie eine Ahnung, wo ich diese CD hier finde?

Der Zettel wird mir unter die Nase gehalten. Ich sage:

– Am besten fragen Sie einen der Verkäufer.

Froschauge furcht die Stirn:

– Sie sind doch einer.

Eben nicht. Ich bin Kassierer. Ich frage:
Um was für eine Musikrichtung handelt es sich denn?

[Sortiment]

Kunden dürfen dem Kassierer in der CD-Abteilung gerne etwas vorsingen. Es darf eine Melodie gepfiffen, ein Refrain gesummt werden. Man kann dem Kassierer gerne erklären, die Gruppe, deren Namen man leider nicht kenne, zu dem Song, den man sucht, dessen Titel einem aber dummerweise entfallen sei, mache schwer tanzbare Musik, einzuordnen vermutlich unter die Rubrik House meets Cajun gewürzt mit einer Prise Punk. Ein Kassierer hört sich das bereitwillig an. G-Funk, P-Funk, Hardrock, Heavy Metal, Krautrock, Rock 'n' Roll, Speed Metal, Thrash-Metal, Death-Metal, Blues, Britpop, Grunge, Country, Easy Listening, Reggae, Muzak, Acid-Jazz, Cool-Jazz, Free Jazz, Electric Jazz, Electro-Boogie, Disco, New Wave, Schlager, Soul, R&B, Hip Hop, Trip Hop, Rap, Weltmusik, 2Step, Ambient, Dub, Goa, Gabber, Salsa, Jungle, Drum 'n' Bass, Techno, Trance, Ska, Fusion: alles vorrätig. Einhunderttausend verschiedene Titel insgesamt. Und was nicht da ist, wird bestellt. *Der erste Longplayer von diesem einarmigen, finnischen Country-Barden, der vor Jahrzehnten mal an irgendeinem Grand Prix teilgenommen hat? Kein Problem. Ein Sampler mit afrikanischen Nationalhymnen? Eine Minnesang-CD? Die aktuelle Audio-Kassette des Nasenflötenorchesters?* Bekommt man sicher ohne Schwierigkeiten. Nur nicht an der Kasse. Kassierer sitzen acht Stunden am Tag auf einem Bürostuhl in einer Box. Vom Sortiment, das laufend ergänzt und umsortiert wird, haben sie so gut wie keine Ahnung. Sie können den Weg zu den Soundtracks weisen. Sie wissen, wo die Regale mit den Single- und Longplay-Charts aufgebaut sind, sie kennen den Standort der Kinderkassetten und Videofilme, sie wissen, wo man in der Abteilung das Zubehör, die Klassik, Konsolenspiele oder Hörbücher findet. Viel mehr wissen sie nicht. Kassierer gehören einer eigenständigen Abteilung an.

[# 0110]

– Siebenundvierzigachtundneunzig.

Grüner Gehrock, beigebraune Bügelfaltenhose, Kaki-Hemd, Krawatte. Die Dienstmütze hat sich die Kundin, eine gut eins neunzig große Streifenpolizistin mit straff zurückgekämmtem Haar und Pferdeschwanz, unter den Arm geklemmt. Sie sagt:

– Eine Quittung mit Titeln und ausgewiesener Mehrwertsteuer bräuchte ich.

Die Beamtin legt drei Zehnmarkscheine und einen Zwanziger auf den Tresen. Ich nehme die vier Banknoten an mich, gebe ihr das Wechselgeld, deute auf den druckfrischen Bon, sage:

– Datum, Titel, Preis, Mehrwertsteueranteil – steht alles auf dem Kassenzettel.

Sie inspiziert ihn sorgfältig, knickt den Beleg dann in der Mitte und schiebt ihn in das Booklet einer der beiden Karaoke-CDs, die sie gerade bezahlt hat. Sie sagt:

– Okay, prima, das müsste reichen.

Sie setzt die Dienstmütze auf. Ich frage:

– Eine Tüte?

Die Polizistin schüttelt den Kopf, meint:

– Danke, das wird wohl noch so gehen.

Ihr Blick schweift dabei prüfend in Richtung Abteilung ab. Sie fragt:

– Meinen Kollegen haben Sie hier eben nicht zufällig vorbeikommen sehen?

Ich verneine. Ein Ordnungshüter in Uniform wäre mir aufgefallen. Selbst bei durchschnittlicher Körpergröße.

[Kunden]

Museumsangestellte haben montags frei. Coiffeure, Haarstylisten und Friseurinnen auch. Hausfrauen können sich ihre Zeit nach Belieben einteilen. Für Ruheständler, Touristen, Studierende, Krankfeierer und Überstundenabbummler gilt im Prinzip dasselbe. DJs, Nachtclubbesitzer, Stripper und Stripperinnen brauchen sich über Ladenöffnungszeiten keine Gedanken zu machen. Pastoren, Bildhauer, Komponisten, Schauspieler, Schausteller, Schriftsteller, Arbeitslose, Arbeitssuchende, Piloten, Stewardessen und Schichtarbeiter meist ebenfalls nicht. Lehrer und Schüler gehen, so ihnen der Sinn danach steht, einfach am Nachmittag nach Schulschluss shoppen. Büro-, Einzelhandels-, Außenhandels-, Immobilien-, Speditions-, Werbe- sowie Versicherungskauffrauen mit Vorliebe in der Mittagspause. Ihre männlichen Kollegen halten das nicht anders. Vermutlich. Aber mit wem es ein Kassierer im Einzelfall zu tun hat, ist natürlich völlig unklar. Eine Nonne erkennt man. Nikotingelbe Finger verraten den Raucher, ein Schmiss die Zugehörigkeit zu einer schlagenden Verbindung, und Uniformen sind immer aufschlussreich: Heilsarmee, Marine, Heer, Luftwaffe, Schienenverkehr, Lebensrettung, Brandbekämpfung, Fast-Food-Kette, Freund und Helfer. Bei Uniformierten weiß man Bescheid. Bei allen anderen eher selten. Was nicht verkehrt sein muss, denn ein paar neben- oder hauptberufliche Kriminelle, ein paar Erpresser, Einbrecher, Falschmünzer, Scheckbetrüger, Urkundenfälscher, Hochstapler, Wechselreiter, Brunnenvergifter, Luftpiraten, Brandstifter, Schmuggler, Körperverletzer, Kidnapper, Totschläger, Mörder, Vergewaltiger, Kinderschänder, Investmentbanker und Hochverräter werden auch dabei sein. In die CD-Abteilung darf jeder, und zu spekulieren, wer tagsüber alles Zeit hat, einkaufen zu gehen, ist müßig – irgendwann, irgendwie wird sich jeder, der will, die Zeit nehmen und kommen. Kaufhäuser sind für alle da.

[# 0399]

– Vierzehnneunundneunzig.

Der Kunde, ein junger Mann in entenschnabelgelbem Polohemd und wildgansbrauner Kordhose, pickt mit dürren, langgliedrigen Fingern Münzen aus seinem Portemonnaie. Er fragt:

– Entschuldigung, wie viel macht das, sagten Sie?

Ich wiederhole den Preis:

– Vierzehnneunundneunzig.

Der Kunde blickt auf die Barschaft in seiner Hand, sagt:

– Hm, ärgerlich. Das sieht schlecht aus.

Er lässt das Kleingeld zurück ins Münzfach klimpern, meint:

– Ich fürchte, da werde ich wohl meinen letzten Schein opfern müssen.

Er legt einen Zwanziger auf den Tresen, sagt:

– Aber einen Pfennig könnte ich Ihnen anbieten.

Ich schaue ihn fragend an. Er schaut lächelnd zurück, erklärt:

– Wegen dem Wechselgeld, verstehen Sie?

Verstehe. Ein Rechengenie. Ich sage:

– Klar. Natürlich. Ich stand gerade ein bisschen auf der Leitung.

Der Kunde winkt gönnerhaft ab, meint:

– Kein Problem. Das liegt an diesen seltsamen Preisen.

Er hält mir den angekündigten Pfennig hin, hebt die Brauen, sagt:

– Diese Neunundneunzigpfennigpreise sind wirklich der allerletzte Quatsch.

Ich gebe ihm ein Fünfmarkstück, lasse ihn geprellt, aber mit sich zufrieden ziehen.

[Pfennigphilosophie]

Versuchte Manipulation, Volksverdummung, psychologischer Firlefanz: Neun Mark neunundneunzig klingt eben nicht wie zehn Mark. Für die Kunden ist die Sachlage klar. Dass es aus ökonomischer Sicht bei mehreren zehntausend Artikeln, die täglich in einem Kaufhaus über den Ladentisch gehen, eigentlich grob fahrlässig ist, die Preise nicht aufzurunden, wird gerne übersehen. Der Verzicht auf einen Pfennig pro Artikel summiert sich auf Dauer zu Umsatzeinbußen von nicht unerheblichem Ausmaße. Neunundneunzigpfennigpreise sind natürlich eine Frage des Stils, der Preisästhetik: Nur Ramsch, Restposten und Sonderangebote werden mit glatten Preisen ausgezeichnet. Das allein erklärt die Existenz der Neunundneunzigpfennigpreise allerdings nicht. Der wahre Grund ist ein anderer. Wenn ein Artikel statt glatten fünf nämlich vier Mark neunundneunzig kostet, bedeutet das: Die Mehrzahl der Kunden wird diesen Artikel nicht passend bezahlen können, und das wiederum heißt, die Kunden bekommen in fast jedem Fall einen Pfennig zurück. Der Pfennig – er ist der Grund. Er ist wie der Punkt hinter einem Satz, er sagt: Das Geschäft ist abgeschlossen, der Einkauf erledigt und vorbei. Er ist mehr als das Stück kupferplattierter Flussstahl, das er ist: ein Glückssymbol, ein Geschenk des Hauses, ein Dankeschön.

[# 0475]

– Werde ich hier bei Ihnen mein Geld los?

Eine untersetzte Kundin mittleren Alters, sandblondes Haar, Pagenschnitt, Silberblick, kieselgraue Augen. Eine käferförmige Bernsteinbrosche ziert ihre Vielfarbenbluse im Heraldikstil. Ich sage:

– Ich denke schon. Einen Versuch ist es allemal wert.

Die Kundin reicht mir ein Reisevideo: *Teneriffa – bizarre*

Krater und liebliche Täler. Ich entferne den Sicherungsrahmen, halte den Handscanner über den Barcode des Preisetiketts, sage:

– Das macht dann neunundzwanzig Mark neunundneunzig, bitte.

Ein Einkaufskorb wird auf den Tresen gewuchtet, eine Tupperdose daraus hervorgekramt. Neben einem Mobiltelefon befindet sich in der Tupperdose eine beachtliche Menge loses Silbergeld.

– Bedienen Sie sich. Dreißig Mark gehören Ihnen.

Die Buntbebluste schiebt mir die Aufbewahrungsbox zu. Ich zähle einen Fünfer, ein Einemark- und zwölf Zweimarkstücke aus dem Silbergeldreservoir. Ich sage:

– So, und einen Pfennig bekommen Sie zurück.

Ich packe ihn zu dem Restgeld und dem Handy in die Tupperbox. Die Kundin meint:

– Ein Glückspfennig. Ach, das ist aber rührend.

Sie fischt ihn aus dem Plastikbehältnis, legt mir den Pfennig auf die Kasse, sagt:

– Wissen Sie was, wenn Sie nichts dagegen haben, vermache ich Ihnen das gute Stück.

Sie glättet ihren knitterfreien Blusenkragen, verstaut das Reisevideo in dem Einkaufskorb, meint:

– Das ist ja nicht Ihre Schuld, aber bezahlen kann man mit einem Pfennig ja leider doch nirgends.

[Spendentopf]

Für die Wohltäter steht ein Spendentopf auf dem Kassentresen. Demonstrierte Großherzigkeit am Ende des Einkaufs steigert beim Kunden das Selbstwertgefühl. Wohltäter verlassen das Kaufhaus mit der Gewissheit, Hilfsbedürftigen und Notleidenden geholfen und somit eine kleine Heldentat vollbracht zu haben. Für viele Kunden ist auf diese Weise das belastende Problem mit dem Wechselgeldpfennig auf angenehme Art gelöst: Wohltätermiene aufsetzen, sich vergewissern, dass der Kassierer guckt, und wenn er guckt, den Pfennig unter Gebärden der Wohltätigkeit in den Wohltäterspendentopf werfen, fertig. Manche Kunden lassen den Wechselgeldpfennig auch einfach kommentarlos liegen. Zu viel Kleingeld macht schließlich das Portemonnaie unnötig schwer, beult Hosentaschen aus. Andere Kunden wiederum freuen sich, bekommen förmlich Speichelfluss, wenn sie einen Pfennig in den Händen halten. Sie polieren die Münze an der Kleidung, spitzen den Mund und spucken dreimal drauf, bevor sie das Glück verheißende Geldstück einstecken. Nicht selten nutzen Kunden den Erhalt des Wechselgeldpfennigs aber auch dazu, ihren Sinn für Humor unter Beweis zu stellen: Ein Pfennig, da könne man heute doch mal richtig auf den Putz hauen. Oder: Oh, ein Pfennig, nein, das sei aber großzügig, tausend Dank. Und echte Spaßvögel dienen ihren Wechselgeldpfennig dem Kassierer als Trinkgeld an. *Kaufen Sie sich etwas Schönes dafür. Ihr Pausentee geht auf meine Rechnung. Ein wenig Sparschweinfutter. Eine kleine Gehaltsaufbesserung. Denken Sie bei Ihrem Feierabendpils an mich. Ha, ha!*

[Zwischenfrage # 0017]

Ich beobachte einen bulligen Kerl, der vor einem der verspiegelten Wegweiser am Hauptgang steht und Kleingeld auf dem Handteller sortiert. Als er damit fertig ist, steuert er direkt auf mich zu, baut sich breitbeinig vor mir auf, stopft drei Münzen in den Spendentopf, sagt:

– Mahlzeit, Sie sehen so aus, als wüssten Sie in diesem Laden hier Bescheid.

Schnauzer, energisches Kinn, goldene Halskette, halb offene, rot-blaugrün-lila-weiße Trainingsanzugsjacke aus Ballonseide. Er sagt:

– Wie findet man bei euch denn Satellitenschüsseln, Fragezeichen?

Normalerweise, indem man sucht, Ausrufungszeichen. Ich sage:

– Satellitenschüsseln gibt es in der ersten Etage.

Der Schnauzbartträger schiebt die Ärmel seiner Trainingsanzugsjacke hoch. Er fragt:

– Und Fernseher, Videobeamer und Videorekorder und so?

Und so findet man eigentlich überall. Ich sage:

– Ebenfalls in der ersten Etage. Einfach links die Rolltreppe hoch.

Schnauzbart blickt über seine rechte Schulter in die entsprechende Richtung. Er meint:

– Linker Hand, aha, okidoki. Und wie sieht es bei euch mit PlayStation-Spielen aus?

Mit PlayStation-Spielen sieht es überhaupt ganz prima aus bei uns. Ich sage:

– Im zweiten Stock in der Spielwarenabteilung oder hier, in dieser Abteilung, im Basement.

Ich deute auf die Treppe, die keine zehn Meter von der Kasse entfernt ins Untergeschoss führt. Schnauzbart legt sich ins Hohlkreuz, guckt sich um, räuspert sich, sagt dann:

– Ähm, da unten im Basement gibt es nicht zufällig auch eine Art Kundentoilette, oder?

Er wippt auf den Fußspitzen auf und ab, inspiziert seine Fingernägel. Ich sage:

– Nein. Die Kundentoiletten befinden sich im zweiten Stock. Bei den Waschmaschinen.

[Information]

Wieso eine bestimmte Staubsaugerbeutelart nicht mehr lieferbar ist, weshalb die Toaster teurer geworden sind, warum man Ondulierstäbe vom Umtausch ausschließt, ob man nach dem Trockenrasieren ein Aftershave benutzt, wo man denn Glühbirnen findet? Kunden haben eine Menge Fragen, und es gibt deshalb einen großen, einladenden, zentral gelegenen, weithin sichtbaren Informationstresen, hinter dem zwei freundliche, kompetente, geduldige, polyglotte, auskunftsfreudige Angestellte sitzen und sich bemühen, auf jede Frage eine verlässliche, befriedigende Antwort zu erteilen. Gleiches gilt für die geschulten, fachkundigen Verkäufer in den jeweiligen Abteilungen. Viele Kunden ziehen es trotzdem vor, diesen Antwortexperten systematisch aus dem Weg zu gehen und stattdessen die leicht greifbaren Kassierer mit ihren Fragen zu perforieren. Insbesondere Kunden, die nach dem Bezahlen argwöhnisch das erhaltene Wechselgeld nachzählen, tun sich in dieser Hinsicht hervor. Dass ein Kassierer die Hälfte der Grundrechenarten, dass er Addition und Subtraktion beherrscht, bezweifeln sie. Dass er jedoch weiß, dass Leerkassetten für Musikaufnahmen im Gegensatz zu Leerkassetten für Sprachaufnahmen extra beschichtet sind, dass er weiß, dass eine Kaffeemaschine eine Nachtropfsperre und eine Spülmaschine einen vernünftigen Aquasensor besitzen sollte, dass er weiß, dass eine Titan-Antihaftversiegelung bei Bratpfannen ebenso zu empfehlen ist wie die Edelstahlsohle bei Dampfbügeleisen, das hingegen glauben die Kunden nicht nur, dieses Wissen setzen sie bei einem Kassierer voraus. Ein Kassierer sollte sich darauf einstellen. Wie er generell in Sachen Frage-Antwort-Verhalten auf ein paar Dinge vorbereitet sein sollte. Auf die höchst beliebten Ein-Wort-Fragen in Aussageform zum Beispiel. *Staubsauger.* Auf Fragen dieser Art antwortet ein erfahrener Kassierer ebenso kurz und knapp: *Erdgeschoss.* Ähnliches gilt für Ein-Wort-Fragen in Frageform. *Kühlschränke?* Die Antwort darf in diesem Fall auch einen, natürlich dezent dosierten, interrogativen Charakter haben: *Zweiter Stock?* Solange der Tonfall höflich bleibt, genügen den Kunden diese meist spärlichen Informationen, mehr verlangen sie nicht. Und wenn doch, wird ein versierter Kassierer im Ernstfall, falls er nun wirklich gar nicht mehr weiter weiß, einfach die Reißleine ziehen, zur eleganten Notlüge greifen und guten Gewissens behaupten: *Tut mir leid, ich bin hier neu, fragen Sie bitte einen der Kollegen an der Information, die helfen weiter, die wissen alles.*

[# 0739]

– Wie halten Sie es hier drin bloß aus? Draußen scheint so schön die Sonne.

Spaghettihaar, mittig gescheitelt, breites Gesicht, Geschlecht: weiblich. Geschätztes Alter und mutmaßliche Konfektionsgröße: zweiundvierzig. Sie trägt eine enge, weiße Jeans, die sie sich vermutlich mit dem Schuhlöffel über die Stoff dehnenden Hüften hat ziehen müssen. Sie sagt:

– Ich könnte das nicht. Acht Stunden in einem Kaufhaus zubringen. Der Lärm. Diese Luft.

Sie schließt die Augen, öffnet den Mund, ringt demonstrativ nach Atem, meint:

– Ich bewundere Sie. Mir wird schon nach einer halben Stunde immer richtig duselig.

Meine Bewunderin kreuzt die Hände ein paar Mal vor ihrer Nase. Sie sagt:

– Wirklich, ich glaube, ich würde ballaballa werden an so einer Kasse.

Ihre Mimik verrät aufrichtige Anteilnahme, ihre Stimme hat etwas leicht Mitleidiges. Sie meint:

– Wenn man mal so überlegt, einfach aufstehen und eben Pause machen: Geht ja auch nicht.

Ihre letzten Worte werden von einer sanften Lautsprecherstimme übertönt. Die Lautsprecherstimme sagt:

– Sehr verehrte Kunden, unsere Geschäftsräume werden um zwanzig Uhr geschlossen. Wir bedanken uns für Ihren Einkauf und wünschen Ihnen einen angenehmen Nachhauseweg.

Meine breitgesichtige Bewunderin schaut auf ihre Uhr. Ehrlich erstaunt sagt sie:

– Oh, schon zehn vor acht. Jetzt aber schnell. Ich brauche nämlich noch einen Gutschein.

Sie holt eine zugetackerte Klarsichthülle aus ihrer Umhängetasche, erklärt:

– Die Bürokollekte für einen übermorgen zum sechsten Mal nullenden Kollegen.

Die Klarsichthülle wird aufgerissen, der hartgeldreiche Hülleninhalt ergießt sich über den Tresen. Ich zähle stumm Münzen zusammen, staple sie zu Zehn-Marks-Türmen auf. Die Kundin meint:

– Es müssten sinnigerweise eigentlich genau sechzig Mark und sechzig sein.

Sind es. Ich stelle einen Gutscheinbeleg in entsprechender Höhe aus. Die Kundin sagt:

– Mensch, wunderbar, wäre das auch erledigt.

Dann fügt sie, mich mütterlich dabei anlächelnd, zum Abschied noch hinzu:

– Und Ihnen wünsche ich natürlich entspannte, letzte Minuten. Genießen Sie Ihren Feierabend.

Feierabend | abmelden

Die den ganzen Tag überall im Haus aus Deckenlautsprechern rieselnde Musik ist pünktlich um zwanzig Uhr einer nur noch vom sanften Rauschen der Klimaanlage untermalten Stille gewichen. Die Glastüren am Haupteingang sind verriegelt, die Rolltreppen stehen, ein Großteil der Deckenrasterleuchten ist bereits ausgeschaltet, die nicht erloschenen tauchen die kundenleeren, von den meisten Angestellten nach Ladenschluss eilig verlassenen Geschäftsräume in sanftes, beinah warmes Licht. Im Erdgeschoss schleicht das Personal vom Wachdienst ein letztes Mal kontrollierend durch die Gänge, die Ladenaufsicht wartet schlüsselbundklappernd am Sicherungskasten darauf, dass die Kassierer, die am Abend als Letzte ihre Arbeitsplätze verlassen, die Geldkassetten im Tresorraum abliefern. An Kasse 53 flammt ein Benzinfeuerzeug auf. Du zündest dir eine Zigarette an, öffnest das Druckwerk der Kasse, markierst mit einem Kugelschreiber auf der Journalrolle den letzten Arbeitsvorgang des Tages, öffnest die Kassenlade. Mit dem Zeigefinger klappst du die auf den Banknoten ruhenden, von Federscharnieren gehaltenen vier Plastikklemmzungen nach oben, zählst Hunderter, Fünfziger, Zwanziger, Zehner, tippst die Summen in einen Casio DR-320 Tischrechner, notierst das Ergebnis auf einem Papiertütchen, schiebst die abgezählten Banknotenbündel hinein, tackerst das Tütchen zu, verstaust es in der metallicgrünen Geldkassette. Du klopfst den Aschezylinder von der Zigarette, zählst Silbergeld, Kupfergeld, addierst Scheck- und Kreditkartenbelege auf, tütest alles einzeln ein, legst auch diese Tüten in den Metallkasten, schaltest den Tischrechner aus. Die Akribie, mit der du beim Leeren der Kassenlade vorgehst, hast du dir selbst auferlegt. Das gesamte Geld, jede Münze, jede Banknote, könntest du einfach ungezählt, ungeordnet zusammenpacken und das Sortieren und Aufrechnen dem Frühdienst überlassen. Doch du genießt das allabendliche Entstehen perfekter Ordnung an deinem Arbeitsplatz, das immer gleich, beinah rituell ablaufende Nacheinander von mittlerweile längst verinnerlichten, kontemplativen Handlungen: ausgeführt in seltener Ungestörtheit, Eleganz, vielleicht Anmut. Jede Bewegung folgt wie sorgfältig choreographiert der nächsten, bis zum Schluss. Mit einer kurzen, aus dem Unterarm kommenden Drehbewegung des Handgelenks ziehst du den Schlüssel aus dem Schloss des Entrieglers für die Sicherungsrahmen von CDs, Videos, DVDs, Konsolenspielen, platzierst ihn auf dem Tütenbett in der Geldkassette, klappst die Kassette zu, ziehst auch hier den Schlüssel ab, legst ihn in eines der Kleingeldfächer der geöffneten, jetzt leeren Kassenlade: Silbern klimpert Metall auf Plastik. Du ziehst noch einmal an der nur zur Hälfte gerauchten Zigarette, drückst sie anschließend am Innenrand des Papierkorbs aus, lässt die Kippe hineinfallen, bläst den Rauch in die Luft. Sein zarter Schatten zieht über Tresen und Kasse hinweg.

Das allabendliche Entstehen perfekter Ordnung.

Du tippst über die abgegriffene Tastatur einen vierstelligen Code in die Kasse ein. *Jetzt abmelden?* Mit dem Ringfinger betätigst du die Eingabetaste. Auf Wiedersehen! Das alphanumerische Kundendisplay der IBM 4693-212 erstirbt. Sechs Jahre hat dein Arbeitsgerät, ein dreißig Pfund schwerer, klobiger, beigefarbener Klotz auf dem Buckel. Hundert Megahertz, viersechsundachtziger Prozessor, vierundsechzig Megabyte Speicher: Die IBM ist, wie alle Kassen heute, ein verkappter PC. Zu den Spitzenmodellen gehört sie bereits geraume Zeit nicht mehr. Kassen neueren Baujahrs glänzen inzwischen mit Touchscreen-kompatiblen VGA-LC-Farb-Bildschirmen, Flash-Speichern, Pentium-Prozessoren, besitzen nicht selten flache Folientastaturen mit über einhundert individuell programmierbaren Tasten, warten mit offenen Software-Architekturen, Bedienerfloating- und Back-Office-Optionen auf. Im Vergleich zum hochgerüsteten Nachfolgemodell, dem sogenannten IBM 4614 SureOne Point-of-Sale-Kassensystem, oder mit Blick auf ergonomisch und technisch fortschrittliche Geräte wie etwa die CASIO SA-5100, die Epson IR Intelligent Register und die in ihrer Schlichtheit jeder Designerkneipe gut zu Gesicht stehenden VECTRON POS32, ist die betagte 4693er fast noch so etwas wie eine herkömmliche Registrierkasse, absolut *old school,* was Optik, Handhabung, die Bedienungsfreundlichkeit, vor allem aber ihre Geschwindigkeit angeht. Dich stört das nur bedingt, du verstehst dich nicht als Schnittstellenmanager, benutzt die Kasse nicht als bloße Eingabehilfe. Du siehst in ihr vielmehr ein klassisches Werkzeug, im handwerklichen Sinne. Dieser Aspekt ist dir wichtig. Streng genommen ordnet man das Kassieren den Anlerntätigkeiten zu, aber dir greift das zu kurz. Du weißt natürlich: Zum Kassierer kann man nicht ausgebildet werden, den Beruf des Kassierers gibt es nicht. In deinem Job ist man Autodidakt. Nach einer rudimentären Einweisung durch eine Kollegin oder einen Kollegen bleibt man sich selbst überlassen. Manche verstehen das Kassieren als Dienstleistung, für dich allerdings ist es in erster Linie eben doch ein Handwerk. Nicht per se, aber ab einem gewissen Grad von manueller Virtuosität kann es deiner Meinung nach durchaus als solches verstanden werden, unter der Voraussetzung, dass die vollkommene Beherrschung des Geräts mit einem umfassenden, fachspezifischen Wissen einhergeht. Kassieren mag keine Kunst sein, so weit würdest du nicht gehen, aber ohne ein gewisses Talent lässt sich dieser Job auf Dauer nicht ausüben, nicht auf eine Weise, die dich befriedigen, die deinen Ansprüchen genügen würde. Du siehst im Kassieren mehr als eine entlohnte Tätigkeit für Ungelernte. In Parkhäusern stehen Kassenautomaten, in Kaufhäusern nicht. Hier werden besondere Maschinen benötigt, multifunktionale, hybride. Geschickt in der Bewältigung der primären Aufgaben sollten sie sein, zuverlässig, schnell, außerdem sprachfähig, situativ flexibel, womöglich humorbegabt, mit einem Wort: kreativ.

Womöglich humorbegabt.

Seit Herbst letzten Jahres arbeitest du jetzt in diesem Kaufhaus, bist seinerzeit als Aushilfskraft für das Weihnachtsgeschäft engagiert worden. Im September hast du dich, nachdem du über die Jobvermittlung des Arbeitsamtes von der Stelle erfahren hattest, mit Lichtbild, tabellarischem Lebenslauf und Zeugnissen beworben, bist kurz darauf zum Vorstellungsgespräch eingeladen, sofort genommen worden, hast wenige Tage später angefangen. Die ersten Abende bist du wie erschlagen nach Hause gekommen, hast in den Nächten von Geld geträumt, durch das du watest, das du zählst, zählst, zählst, von Tüten, die keine Öffnung besitzen, von Tüten ohne Boden, von für den Scanner unlesbaren Barcodebalken, die das rote Laserlicht schlucken. Nach einer Weile hat das Träumen aufgehört. Noch vor Heiligabend bist du gefragt worden, ob du dir vorstellen könntest, auch weiterhin als Kassierer tätig zu sein. Das konntest du, und so hat man deinen Vertrag dann auf unbestimmte Zeit verlängert. Der Personalchef hat dir die Hand geschüttelt, fest, fast feierlich, dich beglückwünscht. Die Frage, was dich motiviert hat, dieses Angebot anzunehmen, ist nie gestellt worden. Die Entlohnung hat für dich dabei nur eine Nebenrolle gespielt. Du bekommst achtzehn Mark die Stunde, das bedeutet, rein rechnerisch verdienst du nicht mehr als dreißig Pfennig pro Minute oder, heruntergebrochen auf die nächstkleinere Zeiteinheit, exakt einen halben Pfennig pro Sekunde, brutto. Du hast schon für weniger, hast aber auch bereits für deutlich mehr Geld gearbeitet, du bist in dieser Hinsicht anspruchslos, brauchst nicht viel. Was dich interessiert, ist etwas anderes. Du hättest das anfänglich nie für möglich gehalten, aber du identifizierst dich mehr und mehr mit deiner Tätigkeit, verstehst dich inzwischen wie selbstverständlich als Kassierer. Ein Ergebnis der Freuden der Affirmation, wie du das nennst. Denn du kostest sie aus, die Zeit, die du am Arbeitsplatz verbringst: hochkonzentriert, reduziert auf deine Funktion bis zur Gleichgültigkeit. Und du weißt, dass genau diese Gleichgültigkeit im Wortsinn eine Bedingung, kein Widerspruch in sich ist, wenn es darum geht, das zu genießen, was du wirklich Tag für Tag besonders genießt: die Momente der Selbstvergessenheit während des Kassierens.

Dreißig Pfennig pro Minute.

Von deinen Kolleginnen, Kollegen weißt du nicht viel, du suchst das persönliche Gespräch mit ihnen nicht, aber aus mitgehörten Unterhaltungen in der Kantine kannst du schließen, dass es sehr unterschiedliche Beweggründe gibt, an der Kasse zu arbeiten, und letztlich doch immer nur einen einzigen. In einem Job mit minimalen Aufstiegschancen, von äußerst geringem sozialen Renommee und scheinbar ohne jedes Selbstverwirklichungspotenzial sucht niemand die berufliche Erfüllung. Bei allen Unterschiedlichkeiten geht es jeder deiner Kollegin, jedem Kollegen natürlich vor allem um das Geld. Denn mit dem Gehalt soll und muss das Leben finanziert werden, das eigene, das, welches man mit einem Partner oder einem Haustier teilt, das der Kinder. Und die meisten haben schlicht keine Chance auf eine lukrativere Anstellung. Überwiegend sitzen Ungelernte an den Kassen. Eine deiner Kolleginnen ist zwar ausgebildete technische Zeichnerin, es gibt je einen Einzelhandels-, einen Industrie-, einen EDV-Kaufmann, sogar einen Geisteswissenschaftler, einen studierten Philosophen, der seit zwei Jahrzehnten an einer Doktorarbeit über den Aufklärer und Empiristen David Hume schreibt. Das Gros des Kassenpersonals rekrutiert sich aber aus Menschen mit geringer Schulbildung, ohne erlernten Beruf, und fast ausschließlich sind es Frauen, die an der Kasse beschäftigt sind: Frauen meist mittleren Alters, ehemalige Hausfrauen, nicht selten geschiedene, oft alleinerziehende Frauen. Fünf männliche Kollegen hast du: zwei hetero-, zwei homosexuelle und einen, dessen sexuelle Orientierung dir unbekannt ist. Alle sind sie seit Jahren dabei, die Fluktuation ist erstaunlich gering, und du bist, auch nach jetzt mehr als zweihundert Arbeitstagen, noch immer der Kassierer, der die kürzeste Zeit im Unternehmen arbeitet: rund elf Monate, knapp ein Jahr. Es könnten aber genauso gut auch drei oder zehn Jahre sein, du wüsstest nicht, welchen Unterschied das machen sollte. In gewisser Weise gleicht ein Tag dem anderen. Und das empfindest du als angenehm. Es gibt in deinem Arbeitsalltag einen klar definierten Anfang, ein klar definiertes Ende und dazwischen eine begrenzte, aber auf lange Sicht schier endlose Zahl sich nie wiederholender Variationen des immer selben Themas: Kunde zahlt Ware. Du hast gelernt, in dieser Mischung aus Formstrenge und Unberechenbarkeit eine geheimnisvolle, namenlose Schönheit zu erkennen, für dich vergleichbar mit der von minimalistischen Klangkompositionen.

Ein Tag gleicht dem anderen.

Du wuchtest die Geldkassette vom Tresen, schiebst den Riegel der Kassenbox auf, verlässt rund vier Minuten nach dem Verkaufspersonal als Letzter die CD-Abteilung, gehst den Hauptgang hoch, vorbei an der Information, an den Rolltreppen, weiter geradeaus in Richtung Spätkasse. Zwei deiner Kolleginnen hantieren dort hinter dem Tresen, versunken in ihr Tun, beschäftigt mit Zusammenräumen: Frau Raman und Frau Zernike. Würden sie aufgucken, du würdest in müde, abgekämpft wirkende Gesichter blicken, würdest den beiden Frauen zunicken im Vorübergehen, ein halbes Lächeln an sie adressieren. Sie blicken nicht auf. Du steuerst, ohne zu lächeln, ohne zu nicken, nach rechts. Gegenüber von der Spätkasse, zwischen den Regalen für die Fußmassagegeräte und Personenwaagen, steht eine während der Ladenöffnungszeiten stets geschlossene schwere, breite Tür weit offen. In dem Raum dahinter, einem von deckenhohen Aktenschränken dominierten, fenster- wie schmucklosen Büro, befindet sich an der Stirnseite ein mannshoher Stahltresor, blassgrau, dickwandig. Sämtliche Geldkassetten werden in ihm über Nacht verwahrt. Nennenswerte Bargeldbeträge befinden sind nicht darin. Mehrmals täglich befördert das Kassenpersonal Abgaben via Rohrpost ins Kassenbüro. Die letzte gegen achtzehn Uhr, wenn die Frühschicht in den Feierabend geht. Bis dahin steht auch fest, ob an den Kassen korrekt gearbeitet wurde, denn kurz vorher erfolgt die Abrechnung, das Erfassen und Kontrollieren der Tagesergebnisse. Und zwar zentral im dritten Stock, im mit hochwertiger Auslegware, Ornament-Tapete und gold gerahmten Wandgemälden ausstaffierten Vorzimmer des Geschäftsführerbüros.

Ein halbes Lächeln.

Mit einem mehrseitigen Computerausdruck, einem klobigen Sharp EL-334E-Solartaschenrechner und einem schwarzen Füllfederhalter vor sich, erwartet der Geschäftsführer ab siebzehn Uhr dreißig höchstselbst die Kassierer. Akkurat gescheiteltes Haar, randlose Brille, Maßanzug, dezente Krawatte, behaarte Handrücken, geschwellte, breite Brust, so sitzt er da. Ein wuchtiger Schreibtisch trennt ihn von dem brav wie die Gemeinde beim Abendmahl Schlange stehenden Kassenpersonal. Kasse für Kasse werden ihm die Abrechnungsbögen gereicht, er verteilt auf ihnen, dabei mit tiefem Bass die Ergebnisse munter kommentierend, Häkchen, Plus- oder Minuszeichen. Je nachdem, ob die von den Kassierern errechneten Summen mit denen auf dem Computerausdruck übereinstimmen oder nicht. *Haken, gratuliere!* Wer ein Häkchen bekommt, darf die mitgebrachte Schale mit dem Restgeld, den Retourezetteln, entgegengenommenen Gutscheinen, Schecks, Scheck- und Kreditkartenbelegen auf ein Sideboard stellen, an dem die abgesegneten Schalen vom für die Kassen zuständigen Abteilungsleiter gesammelt werden. *Plus drei Mark dreiundzwanzig. Na ja, na ja, drücken wir ein Auge zu, weil heute Montag ist.* Bei geringfügigen Differenzen wird man durchgewunken, immer, an jedem Tag der Woche. Kassierer verrechnen sich, greifen in Momenten, in denen sie abgelenkt oder unkonzentriert sind, ins falsche Münzfach, geben Wechselgeld nicht richtig heraus. Das passiert. An sehr wenigen Kassen wird den ganzen Tag über fehlerfrei gearbeitet. *Minus einhundertdreiundfünfzig! Da müssen wir noch einmal schauen, werte Kollegin.* Bei größeren Kassendifferenzen hat man sich an einen wackligen Ecktisch in den Schatten einer Hydrokultur-Zimmerpalme zurückzuziehen, sucht dort dann nach Zahlendrehern in der Abrechnung, guckt die Retouren durch, hofft darauf, sich beim Aufaddieren der einzelnen Positionen verrechnet zu haben. Wird der Fehler nicht gefunden, schickt der Abteilungsleiter einen zu einem zweiten *Kasseziehen* an die Kasse zurück. Das erste, reguläre, erfolgt um kurz nach vier am Nachmittag, während des laufenden Kassenbetriebs. Aus dem Kassenbüro kommt ein Anruf, man bestätigt, dass man startklar ist, erhält das Okay und beginnt zu zählen. Nebenher wird weiterkassiert. Zwischen drei und zehn Minuten dauert der Vorgang. Bei guter Vorbereitung und an Kassen mit geringem Kundenaufkommen kann diese kurzzeitige Doppelbelastung problemlos von einer Person allein bewältigt werden. An anderen Kassen ist Teamarbeit gefragt: Einer zählt, addiert, notiert, ein anderer kümmert sich um die Kunden.

Das passiert.

Der kantige Griff drückt in die Haut deiner Hand, die Muskulatur des Oberarms spannt sich beim Anheben des Arms in Brusthöhe. Vor dem Tresor stellst du die Geldkassette zu den anderen dort bereits abgelieferten auf einen Rollwagen. Später wird sie die Ladenaufsicht in den Geldschrank hineinräumen: Es ist ihre Aufgabe, darauf zu achten, dass keine fehlt. Für dich gibt es jetzt nichts mehr zu tun, außer das Haus möglichst schnell zu verlassen. Mit schlankem Schritt kommst du dabei erneut an der Spätkasse vorbei, verabschiedest dich mit kurzem Gruß, der ebenso kurz erwidert wird, von Frau Raman und Frau Zernike: *Schönen Feierabend. Danke, ebenso.* Steuerst den hinteren Gebäudeteil, das Treppenhaus an, lockerst im Gehen die Krawatte. Fünf, manchmal sechs Tage die Woche verbringst du im Kaufhaus, würdest auch noch einen weiteren arbeiten. Sonntags aber ist geschlossen, was den Montag so attraktiv macht: Die Kunden scheinen zu Wochenbeginn kauffreudiger zu sein als sonst. Manchmal meinst du regelrecht zu spüren, wie sich etwas aufgestaut hat bei den Menschen, als hätten sie das Einkaufen über das Wochenende regelrecht vermisst, als wären sie erleichtert, das Geld wieder mit vollen Händen ausgeben zu dürfen. Du bist dir sicher, würde man sonntags in die

Innenstadt fahren und den Passanten, die dort vor den Schaufenstern in der Fußgängerzone stehen, in die Augen schauen, man wüsste es: Das Kaufhaus ist auch oder vielleicht gerade sonntags ein Ort der Sehnsucht. Wenn dir jemand erzählen würde, er habe am siebten Tag der Woche in der Innenstadt Menschen an Kaufhaustüren rütteln und klopfen sehen, als wären es verschlossene Himmelspforten, du würdest diesem Jemand glauben. Du fährst sonntags hin und wieder mit dem Rad in die Innenstadt. Du schaust den Menschen in die Augen.

Ein Ort der Sehnsucht.

Es ist zwanzig Uhr acht. Du verlässt im Hochparterre, am hinteren Ende der Abteilung mit den Töpfen, Bestecken und sonstigen Haushaltswaren, durch eine schmale Glastür die Geschäftsräume. Im Treppenhaus hat sich der Essigreinigergeruch bereits vor Stunden verflüchtigt, der Sauerstoff ist verbraucht, die Luft steht. Zwei Stufen pro Schritt nimmst du auf einmal, hastest den Katarakt des engen Treppenhauses hinauf, beeilst dich aus Gewohnheit, treibst aber eigentlich grundlos den Puls hoch, erreichst bald den zweiten Stock, wechselst dort vom hinteren Trakt des verwinkelten Gebäudes hinüber in den vorderen Teil, passierst dabei zwei Türen und zwischen ihnen mit acht, neun langen Schritten einen kurzen, schachtelartigen, oben herum verglasten Gang, gelangst in ein weiteres Treppenhaus, breiter, heller als das erste. In schlichte, riesige Wechselrahmen gefasste Bilder zieren die Wände, großformatige Hochglanzfotos, Stillleben von Staubsaugern, Fernsehern, Bügeleisen. Zweimal auf dem Weg nach oben kommst du zudem an der Werbung für das kostenlose Produktverzeichnis des Hauses vorbei, an den dich jeden Abend wieder anspringenden fünf schlichten Worten, der aus ihnen bestehenden und immer, das ganze Jahr über gültigen Botschaft: *Der aktuelle Katalog ist da*. Zweimal liest du diesen Satz, bevor du schließlich im dritten Stock ankommst, wo das Treppenhaus endet. Rechts geht es zur Heimwerkerabteilung, links, *Zugang nur für Personal*, durch eine graue Metalltür zum Verwaltungstrakt, zu den Umkleideräumen. Dorthin biegst du ab, überholt jetzt plötzlich von deinem Schatten.

KUNDE # 0747 – # 1152

LEKTIONEN IN LANGEWEILE

– Achtunddreißigneunundneunzig.

Eine zierliche, krähenfüßige, in ein kimonoartiges Gewand gehüllte Asiatin. Sie trägt ein zitterndes, faltiges, blassbraunes Nackthündchen in Meerschweinchenformat unter dem Arm. Sie sagt:

– Excuse me?

Eine Touristin. Alles klar. Ich deute auf das Kassendisplay, sage:

– Thirtyeightninetynine.

Sie reicht mir die Visa-Card einer Bank aus Osaka, ohne Foto. In Japan können angeblich auch Haustiere eigene Konten haben. Bin gespannt, wer den Beleg unterschreibt. Ich sage:

– Please sign here.

Die Dame aus Fernost malt in atemberaubender Geschwindigkeit japanische Schriftzeichen auf den Papierschnipsel. Ich reiche ihr die Karte zurück, sage:

– Thank you. Domo arigato.

Der Hund jault. Sein Büschel wehender Kopfhaare steht wie elektrisiert hoch. Ich sage:

– Do you need a bag?

Frauchen schüttelt den Kopf. Sie fragt:

– Where do you have cameras and cam-corders?

Ein Stockwerk höher. Ich antworte:

– First floor. Take the escalator on the right side.

Sie bedankt sich und verschwindet in Richtung Rolltreppen:
– Bye-bye. Sayonara.

Ihr gesprenkelter Schopfhund, habe ich das Gefühl, zwinkert mir zum Abschied zu.

Dienstag | 3. August 1999

[# 0771]

Ende zwanzig, raspelkurze Haare, Augenbrauenpiercing, Ziegenbart: ein ganz normaler Kerl. Er legt einen Fünferpack Leerkassetten für zehn Mark fünfzig auf den Tresen. Er fragt:

– Das kann ich doch mit Karte zahlen, oder?

Alle Wixer in den Mixer, steht auf seinem T-Shirt. Zeugwart, Graphikdesigner, VJ, Artdirector, Schimpansentrainer: Mit Sicherheit arbeitet er in einem kreativen Umfeld. Ich sage:

– Klar, kein Problem.

Man reicht mir eine Eurocheque-Karte. Ich ziehe den Magnetstreifen durch den Kartenleser. Das Terminal beginnt zu arbeiten, der Drucker rattert los. Ich sage:

– Einmal Geheimzahl eingeben und bestätigen, bitte.

Ziegenbart schnappt sich das PIN-Pad, dreht sich um und taucht ab.

– Hallo?!

Behutsam beuge ich mich vor und sehe den Kunden über das Gerät gebeugt am Boden kauern. Fünf gedämpfte Pieptöne sind zu hören. Ziegenbart kommt wieder nach oben geschossen:

– Alles paletti?

Gute Frage. Bei mir schon. Ich tippe den Betrag ein: eins, null, fünf, null. Go. Ich sage:

–Jetzt die Summe bestätigen, bitte.

Lässig, als wenn nichts gewesen wäre, drückt er die grüne Taste. Der Drucker rattert weitere vier Sekunden, dann meldet das Terminal Vollzug: Zahlung erfolgt.

[Plastikgeldverkehr]

Im Bus eine Tageskarte lösen, jemandem im Kino ein Eis spendieren, in der Kneipe ein Bier bezahlen. Ohne Bargeld ist das schwierig. Aber wer Bargeld kategorisch ablehnt, fährt vermutlich nicht mit öffentlichen Verkehrsmitteln, kennt niemanden, der im Kino Halbgefrorenes essen würde, trinkt kein Bier. Und wenn doch, dann in Bars, Clubs, Lounges oder In-Cafés. Orten, an denen vorzugsweise saisonale Modegetränke, Proseccos, Grappas und Latte Macchiatos konsumiert werden, Caipirinhas, Daiquiris, Coladas. In dieser Welt assoziiert man Bargeld höchstwahrscheinlich mit fernen, längst vergangenen Zeiten, mit Dinosaurierjagd, Säbelzahntigerhatz, Knöchelgang, Geröllwerkzeug. In dieser Welt begleicht man Rechnungen mit Karte. Ohne Geheimzahl und ohne dabei einen großen Veitstanz aufzuführen. Den spart man sich für die Kaufhauskasse auf. Mit Hüten, Mützen, Taschen, Tüten, Händen, Füßen, Bäuchen, Kinnen, mit Haut und Haar und zerfressen von der Furcht vor Trickbetrug, Nepp, Videoüberwachung deckt man hier das PIN-Pad ab, beanstandet die zu geringe Höhe der Sichtblende vor dem Tastaturfeld, fordert den Kassierer auf, zur Seite zu gucken, bittet andere Kunden, Sicherheitsabstand zu wahren. Für den einen oder anderen bedeutet das Bezahlen mit Geheimzahl echten Stress. Beim Bezahlen mit Geheimzahl versteht manch einer so viel Spaß wie Bauchredner bei Magenspiegelungen. Was allerdings nicht für alle Kunden gilt. Es gibt auch solche, die ihre Geheimzahl gut lesbar mit Filzstift auf die Karte schreiben, die ihre Geheimzahl beim Tippen laut mitsprechen, die behaupten, ihre

Geheimzahl sei fünfstellig, die erklären, sie hätten keine Geheimzahl, und Kunden, die darauf bestehen, ihre Geheimzahl dem Kassierer ins Ohr zu flüstern.

[# 0813]

Ein tränensäckiger, ansonsten aber recht frisch wirkender älterer Herr, der seine offensichtlich noch junge, makellos himmelhellblaue Scheckkarte ein bisschen spazieren führt. Ich sage:

– Geben Sie bitte die Geheimzahl ein und bestätigen Sie anschließend die Summe.

Schweiß tritt auf seine Stirn, sammelt sich perlend in Panikfalten. Er sagt:

– Ich habe mich bei der letzten Ziffer vertippt.

Das kann passieren. Ich sage:

– Macht nichts, drücken Sie einfach die Korrekturtaste.

Der Kunde schaut auf das PIN-Pad. Neben dem Zahlenmanual befinden sich drei beschriftete, fingerbreite Tasten. Rot, gelb, grün, Abbruch, Korrektur, Bestätigung. Er drückt. Er sagt:

– Jetzt habe ich die Abbruchtaste erwischt, glaube ich.

Hat er: Karte noch einmal durch den Kartenleser, den Betrag noch einmal eingeben, warten, und noch einmal den Kunden ans PIN-Pad lassen:

– Mist. Das gibt's doch gar nicht, ich habe mich schon wieder vertippt.

Immerhin findet er die Abbruchtaste inzwischen blind. Ich sage:

– Einen Versuch haben Sie noch.

Das wirkt. Im dritten Durchgang bleibt der Kunde fehlerfrei. Er fragt:

– Und wo muss ich jetzt unterschreiben?

Ich versuche ihm zu erklären, dass die Geheimzahl so etwas

wie eine elektronische Unterschrift ist, aber sein Gesicht verrät, dass ihn diese Erklärung nicht glücklich macht. Ich sage:

– Um auf Nummer sicher zu gehen, könnten Sie *das* hier natürlich gerne gegenzeichnen.

Ich lege ihm den Transaktionsbeleg der Kartenzahlung vor. Er zückt sofort seinen Kugelschreiber.

[# 0891]

Lange, schwarze Wimpern, volle Lippen, geschickt auf der Stupsnase verteilte Sommersprossen, lakritzbraunes Haar, locker fällt es der Kundin auf die Schultern, eine Strähne hängt ihr lässig ins Gesicht.

– Probieren Sie mal diese hier, die müsste eigentlich funktionieren.

Sie lächelt ein Lächeln wie ein Kuss, legt die mittlerweile fünfte Karte auf den Tresen. Ich ziehe die Karte durch das Terminal, ein Fortronic 85. Zehnmal ungefähr. Ich sage:

– Karte ungültig. Tut mir leid.

Die Kundin kräuselt die Stupsnase, pustet die ins Gesicht hängende Strähne zur Seite. Sie sagt:

– Sie könnten den Magnetstreifen ja einmal anhauchen, vielleicht klappt es dann.

Ich tue ihr den Gefallen. Das Ergebnis bleibt dasselbe. Sie sagt:

– Und wenn Sie sie nicht von oben nach unten, sondern von unten nach oben durchziehen?

Karte ungültig: Das Fortronic 85 ist ein harter Hund. Ich sage:

– Ich fürchte, da hilft nicht einmal ein gemurmeltes Abrakadabra.

Sie zieht halb ernst eine Flunsch, klappt ihr Portemonnaie auf. Sie sagt:

– Zwei Karten habe ich noch, und wenigstens eine davon ist tadellos in Schuss, ich schwör's.

Was angesichts ihres überzeugenden Augenaufschlags gar nicht nötig wäre. Ich sage:

– Probieren wir es aus. Ich bin nicht in Eile. Meine Mittagspause beginnt erst um Viertel vor eins.

[electronic cash]

Der Umgang mit electronic cash ist für Kunden und Personal denkbar einfach: Um elektronische Zahlungen durchzuführen, genügt eine kurze Anweisung. Das elektronische Bezahlen per Karte erspart dem Kunden das Ausfüllen von Schecks oder das Suchen nach passenden Scheinen und Münzen. Probleme und Fehler, wie sie beim Bezahlen mit Bargeld oder per Scheck immer wieder auftreten, sind nahezu ausgeschlossen. So weit das Bankgewerbe, so weit die Theorie, und wenn in der Praxis auch nicht alles rund läuft, das Bankgewerbe hat recht: Der bargeldlose Zahlungsverkehr ist ein Fortschritt zum Wohle des Kunden – er erspart ihm den Trennungsschmerz. Eine Plastikkarte bekommt man nach dem Bezahlen wieder, Bargeld, das man aus den Händen gibt, nicht. Bargeld verschwindet sichtbar, der Gebrauch der Plastikkarte macht den Geldfluss im Augenblick des Bezahlens für den Kunden unsichtbar. Wobei der Fortschritt im Falle des bargeldlosen Zahlungsverkehrs interessanterweise ein Fortschritt ist, der nicht im Zeichen der Geschwindigkeit steht. Terminalhersteller behaupten zwar gern, dass der Anstieg der Zahlungsvorgänge im Handel nur noch mit Hilfe datenverarbeitender und datenübertragender Technik rationell zu bewältigen sei, aber elektronische Datenübertragung kostet Zeit, viel Zeit, verursacht jede Menge Leerlauf an den Kassen, und während ein Kassierer eine Kartenzahlung abwickelt, kann er, wenn aufgrund eines erhöhten Kundenaufkommens der Anlass dazu besteht, ohne Mühe noch zwei kooperative Barzahler nebenbei bedienen. Vorausgesetzt, eine entsprechende Anzahl Barzahler befindet sich in der Nähe, und vorausgesetzt natürlich, die Kartenzahlung verläuft problemlos.

[# 0942]

– Stimmt irgendetwas nicht?

Der Fragesteller, ein schlaksiger, blasser Frühvierziger mit wild wucherndem, vogelnestartigem Haarkranz rund um den Hinterkopf, kratzt sich nachdenklich die Stirn. Ich sage:

– Anscheinend erhalte ich keine Autorisierung für die Transaktion.

Der Stirnkratzer, der, laut seiner Karte, Viktor Kurz heißt, atmet geräuschvoll Luft ein und aus. Er fragt:

– Und was bedeutet das jetzt genau, im Klartext?

Ich greife zum Hörer meines Euroset 805 S Tischtelefons. Ich sage:

– Das bedeutet, dass ich mal eben bei Ihrer Kreditkartengesellschaft anrufen muss.

Viktor Kurz, der sich inzwischen am Ellbogen kratzt, nickt. Ich wähle die Nummer. Am anderen Ende der Leitung meldet sich ein gut gelaunter Sachbearbeiter. Er sagt:

– Halten Sie den Mann fest, die Karte ist als gestohlen gemeldet.

Ein kehliges, glucksendes Lachen. Die Sachbearbeiterstimme korrigiert:

– War nur Spaß. Aber halbieren dürfen Sie die Karte trotzdem. Frohes Schaffen noch.

Ich lege auf, nehme eine Schere zur Hand und wende mich wieder Victor Kurz zu. Sein Ellbogen ist zahnfleischrot, aber er hat aufgehört, sich zu kratzen. Er sagt:

– Die Karte soll eingezogen werden, nehme ich an?

Präzise. Ich schneide sie in der Mitte durch und lege die beiden Hälften zur Seite. Kurz sagt:

– Mit Geld, das nicht aussieht wie Geld, hat man nur Ärger.

Er wirft einen Blick in seine Brieftasche, schüttelt den Kopf und meint:

– Wenn Sie nichts dagegen haben, verschiebe ich den Einkauf auf ein anderes Mal.

[Namen]

Der bargeldlose Zahlungsverkehr hat das Verhältnis zwischen Kunden und Kassierern nachhaltig verändert. Wer mit Bargeld zahlt, bleibt anonym, Banknoten und Münzen sind namenlos. Kredit- und Scheckkarten nicht. Wer mit Karte zahlt, gibt einen Teil seiner Identität Preis, wer mit Karte zahlt, weist sich aus. Als Mohamed Ben Aalami, als Johannes Theodor Barkelt, als Myriam Carbot, als Caspar Duzzi, als Heidi Eddebüttel-Röpert oder Ergün Fethi. Nicht umsonst heißt es in der Werbung: *Zahlen Sie mit Ihrem guten Namen.* Und die Kunden tun's: Fritz Gebühr mit einer Euro-Mastercard, Dr. Jürgen Hanebuth mit einer Platinum Card von AMEX, Kazuko Ikeda mit einer ec-Karte der Kreissparkasse Pinneberg. Farid Jusuf tut es und Johnny Krautwurst tut es auch. Ein Kassierer weiß das zu schätzen. Ein guter Name fällt auf, wirkt nach, amüsiert, überrascht, macht nachdenklich oder betroffen, verrät oder kaschiert, maskiert, entlarvt, gibt an, gibt Auskunft, spricht für sich: Edema Lexy, Manuel Miseré, Tunc Nurretin. Ein guter Name stimuliert die Phantasie, generiert Lebensläufe, erzählt Geschichten: Anja Ohnezeit, Rosa Pop, Pablo Quellmalz, Günter Robbe, Valentina Schandrach, Joe Tonne. Manche Namen passen ihren Trägern wie Sportrodlern der Rennanzug, andere wiederum sind pure Poesie, klangvoll, exotisch, schön – fast Musik. Paula Tax, Benno Uhrhammer, Kolja Volquarts, Gunda Walzer, Simon Wixwat, Zetang Xie, Basor Yagobi, Mandy Amalia Zywotsek.

[# 1003]

– Was?! Wieso müssen Sie bei meinem Kreditkarteninstitut anrufen?

Dr. Jürgen Hanebuth: gigantische Nase über quecksilberfarbenem Vollbart, aufgeschnallter Fahrradhelm. Seine Gesichtshaut ist glatt und glänzend wie die Oberfläche von rosa Flüssigseife:

– Ich zahle seit Jahren in diesem Laden mit Karte. Gab noch nie Probleme.

Dr. Hanebuths Pupillen schrumpfen, seine Augenbrauen treffen sich an der Nasenwurzel:

– Ganze Einbauküchen habe ich hier gekauft, zig Fernseher. Zehntausende habe ich hier gelassen.

Millionen, Trillionen, Sextillionen, Zilliarden. Ich weiß. Hanebuth schnaubt. Er sagt:

– Geben Sie mir auf der Stelle meine Kreditkarte zurück, ich zahle woanders.

Hanebuth beizubringen, dass er, bevor ich nicht den Genehmigungsdienst angerufen habe, auch seine Kreditkarte nicht zurückbekommt, gestaltet sich mühsam. Er meint:

– Ich war gerade drei Wochen in New Mexiko, und in den Supermärkten von Albuquerque, Mr. Schlau, musste, wenn ich mit dieser Karte bezahlt habe, niemand mit irgendwem telefonieren.

Well, Albuquerque ist weit. Ich greife zum Hörer, und nach einem 49-Sekunden-Gespräch mit der Kreditkartengesellschaft gibt es eine Erklärung.

– Routine-Check, weil ich ein paar Tage in den Staaten war? Ich bin laufend im Ausland.

Hanebuth stupst seinen Fahrradhelm zurück, als wäre das Ding ein Stetson. Er sagt:

– Wenn die jedes Mal einen Routine-Check machen würden, wenn ich den Kontinent wechsle, dann kämen die Damen und Herren Routine-Checker aber mächtig ins Transpirieren.

Doc Weltenbummler wischt sich mit der Hand über das Gesicht, tätschelt mit dem Daumen einen der riesigen Nasenflügel und verkündet, umgehend den Finanzdienstleister zu wechseln. Er sagt:

– Kundendrangsalierung, Schikanen, null Einsatz, null Engagement: Europa, das ist Servicewüste.

[# 1149]

Früher Abend. Ich schalte den Tischventilator Fakir VF 30 eine Geschwindigkeitsstufe niedriger. Eine etwa fünfunddreißigjährige Kundin nähert sich der Kasse, legt eine CD auf den Tresen:

– Guten Tag. Die soll's sein.

Hochgesteckte, blonde Haare, Fransenpony, taillierter, schwarzer Lederblazer, kurzer, schlanker Rock, breiter Gürtel, Top in Raubtier-Dessin. Sie reicht mir ein goldfarbenes Stück Plastik:

– Mit Karte, bitte.

Basor Yagobi steht vorne drauf, das Unterschriftsfeld auf der Rückseite ist unbeschrieben. Ich gebe ihr die Karte zurück, biete ihr einen Kugelschreiber an, sage:

– Sie müssten hinten einmal unterschreiben.

Die Kundin schmunzelt, blickt und winkt in Richtung Abteilung, sagt:

– Da fragen wir vorher mal besser meinen Mann. Es ist seine Karte.

Herr Yagobi schlendert herbei: tannennadelgrüner Drei-Knopf-Einreiher, Weste in derselben Farbe, nachtblaues Baumwollhemd mit Ausstellkragen, Dreitagebart, akkurater Seitenscheitel.

– Deine Kreditkarte ist nicht unterschrieben, Schatz.

Frau Yagobi hält sie ihrem Mann hin. Er zuckt mit den Schultern, wechselt mit seiner Frau ein paar Worte auf Französisch und fischt ein Bündel Banknoten aus der Hosentasche. Er fragt:

– Was sind wir schuldig?

Ich nenne den Preis. Yagobi öffnet die Geldklammer, zieht eine Banknote aus dem Bündel, sagt:

– Zerbrechen Sie sich unseretwegen nicht den Kopf. Ich kann Kreditkarten einfach nicht leiden.

Seine Gattin lächelt. Er steckt das Wechselgeld ein, verabschiedet sich, meint:

– Schönen Abend noch. Ich hoffe, wir haben Ihnen keine allzu großen Umstände bereitet.

Arm in Arm ziehen die Yagobis von dannen. Ich schaue ihnen hinterher, denke an alte Steckbriefe, an Gangsterpärchen und schalte den Tischventilator wieder eine Geschwindigkeitsstufe höher.

[Ennui]

Neunzehn Uhr neununddreißig. Neunzehn Uhr vierzig. Neunzehn Uhr einundvierzig. Neunzehn Uhr zweiundvierzig. Dreiundvierzig. Vierundvierzig. Fünfundvierzig. Sechsundvierzig. Neunzehn Uhr siebenundvierzig. Der Sekundenzeiger tickt zweimal vor, dreimal zurück. Einmal vor. Zurück. Vor. Zurück. Neunzehn Uhr achtundvierzig. Der Dienstag ist, abgesehen von der Zeit zwischen zwölf und halb drei am Nachmittag, in der die Mittagspausenbummler unterwegs sind, und der Zeit zwischen fünf und sieben, wenn die Feierabendkunden in den Verkaufsräumen auftauchen, ein Tag, der sich beinah endlos zieht. Im Vergleich zum Montag sinkt das Kundenaufkommen an den Kassen fast um die Hälfte, und in der letzten Stunde vor Ladenschluss bekommt man leicht den Eindruck, irgendjemand hätte zum Kaufhausboykott aufgerufen oder sämtliche Fußgängerzonen der Innenstadt wären evakuiert worden. Die Beschäftigungslosigkeit verbündet sich mit schleichenden Minuten, erteilt harte Lektionen in Langeweile. Neunzehn Uhr neunundvierzig. Am Platz für Sondervorführungen, keine zehn Meter von der CD-Kasse entfernt, baut der Casio-Mann seine Keyboards ab. Verkauft wurde nichts. L'art pour l'art. Von früh bis spät Lambada-Gedudel, unterbrochen von Einlagen irgendwelcher Möchtegern-Glenn-Goulds und Wanna-be-Mozarts. Superb. Kakophone Simultankontests, Tastenkloppen de industria, Musique monstreux – ein Leckerbissen für Kenner. Nur wenn der Heimwerkeronkel gastiert, ist es schöner. Sein Fein Multimaster MSXE 636 II fräst noch konsequenter an den Nerven und Zerebralien als ein ganzes Dutzend Casio CTKs zusammen. Sägen, schleifen, trennen, schaben, schneiden, polieren, Beton verdichten. Mit dem Gerät kann man alles machen. Ein Kinderspiel. Eine Frage des Zubehörs. Wahrscheinlich kann man den Fein Multimaster sogar in einen vibrierenden Massagestab verwandeln: Fein Funner Pro/6. Für den Lustgewinn nach getaner Arbeit. Neunzehn Uhr fünfzig. Der Casio-Mann verstaut das vorletzte Keyboard in einem Verpackungskarton, lässt das letzte dekorativ offen stehen, lockert die Krawatte. Er kann nach Hause gehen. Er ist, was das betrifft, sein eigener Chef. Die letzten zehn Minuten darf er sich schenken.

[# 1150]

Neunzehn Uhr einundfünfzig. Ich tausche das Farbband des Kassendruckers aus, bestücke den Tacker mit Heftklammern, zähle Kleingeld, falte Tüten in Platz sparende Formate. Eine Stimme fragt:

– Störe ich?

Die Stimme gehört einer Kundin mit lila beglaster Sonnenbrille, bremslichtroter Strubbelmähne und lustigen Kinngrübchen. Sie strahlt mich an:

– Was machst du denn hier? Das ist ja witzig.

Eine alte Schulkollegin? Jemand aus der Nachbarschaft? Eine Verwechslung? Ich sage:

– Im Grunde treibe ich hier so eine Art halbwissenschaftliche Feldforschung. Und selbst?

Sie lacht, packt einen Stapel Tonträger auf den Tresen, legt ihre ec-Karte daneben, meint:

– Konsumieren, investieren, Bafög verplempern.

Ihr Name ist, lese ich, Rosa Pop. Kein Groschen fällt, die Datenbank unter der Schädeldecke muss passen: null Einträge zu diesem Namen. Ich ziehe ihre Karte durch den Kartenleser. Frau Pop sagt:

– Ich habe neulich Tobotter im Bus getroffen.

Ich tue, was mir nicht schwer fällt, überrascht. Ich kenne niemanden, der Tobotter heißt.

– Er arbeitet jetzt irgendetwas in der IT-Branche, so consultingmäßig, glaube ich.

Freut mich aufrichtig für Tobotter. Ich sage:

– Einmal die PIN eingeben und bestätigen.

Rosa Pop tippt die vier Zahlen ein, drückt zweimal die grüne Taste, wuschelt sich durch ihr rotes Strubbelhaar, erzählt munter weiter von Leuten, die mir gänzlich unbekannt sind. Ich frage:

– Brauchst du eine Tüte?

Sie nickt, schaut auf ihre Uhr, kraust die Stirn, bläst die Pausbacken auf und meint:

– Oh, ich muss los. Aber lass uns doch demnächst einfach mal einen Kaffee trinken gehen.

Feierabend | umziehen

Der Kassierer klappt die Geldkassette zu. Er zieht den Schlüssel von der Geldkassette ab, legt ihn, Metall klimpert auf Plastik, in eines der Kleingeldfächer der leeren, geöffneten Kassenlade. Das Personal vom Wachdienst schleicht an den Regalreihen vorbei durch ausgestorbene Gänge, die Ladenaufsicht wartet, ziellos auf und ab gehend, in der Nähe der Information, unweit des Sicherungskastens, auf die letzten Kassierer. Es ist vier Minuten nach acht. An Kasse 53 wird das Kreditkartenterminal ausgeschaltet, das PIN-Pad zurechtgerückt, die herumliegenden Plastikkugelschreiber in den Utensilienständer gesteckt. Der Kassierer lässt den Blick in seiner halb verglasten Kassenbox flüchtig von links nach rechts schweifen, er zieht an seiner Zigarette, drückt sie am Innenrand des Papierkorbs aus, lässt die Kippe in den Papierkorb fallen. Er steht von seinem Drehstuhl auf, die Federung knarrt. Er meldet die Kasse ab. *Auf Wiedersehen!* Der Schriftzug wandert einmal von rechts nach links über den Schirm, grüne Pixel auf schwarzem Grund. Mit der rechten Hand greift der Kassierer nach der auf dem Tresen stehenden Geldkassette, mit der linken tastet er am schmalen Türelement der Kassenbox nach der Riegelvorrichtung. Er schiebt den Riegel zur Seite, ein metallisches, klackendes Geräusch. Der Riegelstift erreicht den Anschlagpunkt, die Tür schwingt nach außen auf. Der Kassierer verlässt seinen Arbeitsplatz, geht den Gang hoch in Richtung Information. An der Information steht Herr Dube. Das heißt, Herr Dube steht dort nicht, Herr Dube geht, Hände hinter dem Rücken gefaltet, mit kleinen, sehr kleinen Schritten und dabei weit nach außen pendelnden Beinen mehr oder weniger auf der Stelle auf und ab: langsam, sehr langsam. Herr Dube starrt dabei, gesenkten Kopfes, in Richtung seiner Schuhspitzen. Er trägt Slipper. Die ineinander gefalteten Hände hinter seinem Rücken halten einen klappernden, jedem Hausmeister zur Ehre gereichenden Schlüsselbund. Herr Dube ist von der Ladenaufsicht. Seine Lippen sind leicht gespitzt, er pfeift, wobei dieses Pfeifen weniger einem wirklichen Pfeifen im Sinne eines Hervorbringens von Tönen, sondern eher einem geräuschvollen, rhythmisierten Ausstoßen von Luft gleicht.

Seine Lippen sind leicht gespitzt.

Der Kassierer ist nun fast auf Höhe der Information, Herr Dube pfeift ein wenig lauter. *Sie beherrschen El Silbo, Herr Dube?* Ich staune. Herr Dube unterbricht sein Pfeifen, hebt den Kopf. Er schaut den Kassierer an, fragend, leicht gequält. *Sie meinen, Herr Kollege?* Dubes Stimme schwankt wie stets stimmbrüchig zwischen Höhe und Tiefe, selbst bei diesen vier kurzen Worten. Der Kassierer verlangsamt seinen Schritt, bleibt stehen, lächelt. Er könnte Herrn Dube erklären, dass man mit El Silbo, einer Sprache aus Pfeiftönen, auf der Kanarischen Insel La Gomera jahrhundertelang Nachrichten verbreitet hat. Könnte er. *Herr Dube, wussten Sie eigentlich, dass der genetische Unterschied zwischen Mensch und Schimpanse bei gerade mal einskommasechs Prozent liegt?* Jetzt lächelt Herr Dube. *Ah, der Herr Kassierer besucht wohl die Abendschule, was?* Dubes Lächeln reift zum Grinsen. Der Kassierer schaut Dube in die Augen. Herr Dube weicht seinem Blick aus. *Einskommasechs Prozent, Herr Dube. Sogar zwischen Pferd und Zebra ist der Unterschied größer. Was sagen Sie dazu?* Dubes

Gesicht. Beim Menschen ist das Gesicht ein nervengesteuertes Werkzeug. Eigentlich. Bei Dube scheint es in diesem Augenblick allerdings nichts weiter als reine Muskelmasse zu sein, wie beim Affen. Erstarrte Muskelmasse. *Schönen Feierabend, Herr Dube. Schönen Feierabend.* Der Kassierer richtet nur diese beiden Worte an Herrn Dube. Herr Dube geht vor dem Informationstresen auf und ab, er pfeift: kleine Intervalle, die sich in ihrer Aufeinanderfolge zu keiner geordneten Tonfolge, zu keiner Melodie fügen wollen, zumindest zu keiner, die für Zweite erkennbar wäre. Der Kassierer nickt, als er in Höhe der Information an Herrn Dube vorbeikommt, in Dubes Richtung. *Schönen Feierabend.* Herr Dube unterbricht für einen Augenblick sein Pfeifen, echot nuschelnd den Gruß, starrt dabei stur weiter auf seine Slipper.

Ein nervengesteuertes Werkzeug.

An der Spätkasse hantieren Frau Raman und Frau Zernike hinter dem Tresen. Vor dem Tresen steht Herr Perl. Alle drei haben sie Zigaretten in der Hand, man unterhält sich, wobei die Unterhaltung nicht wirklich ein Sichunterhalten ist. Herr Perl redet. Herr Perl, rosige Wangen, brauner Teint, pummelig, sehr gepflegt, unterbricht seinen Redefluss nur, um an seiner Zigarette zu ziehen. Er hält seinen rechten Arm so, dass die Hand, die die Zigarette hält, selbst wenn er nicht an der Zigarette zieht, etwa in Kopfhöhe verharrt. Die Finger sind dabei leicht gespreizt. Herr Perl redet laut, lauter als nötig wäre, aber wohl artikuliert, beinah affektiert, stets bedacht, die ein oder andere Obszönität in seine Ausführungen einfließen zu lassen. An den Schläfen wird sein dunkles, durchgestuftes Haar bereits grau, sein Haarschnitt könnte der eines kleinen Jungen sein. Der Kassierer schätzt Herrn Perl auf Ende dreißig, Anfang vierzig. Hin und wieder ist Herr Perl seine Ablösung an Kasse 53. Perl gehört zu den Kassierern, die es bevorzugen, nicht jeden Tag an derselben Kasse eingeteilt zu werden, die gerne herumkommen im Haus. Nach dem Abendbrot gehen diese Kassierer an die Rundfunkkasse, wo ein Ordner steht, in dem der Ausdruck mit der Einteilung für den nächsten Tag abgeheftet ist. Zeile für Zeile, Kasse für Kasse, vielleicht den Zeigefinger zur Unterstützung dazunehmend, wird die Einteilung dann von oben nach unten durchgegangen: Heimwerker, Angestellte, Eisenbahn, Lampe, Keramik, Foto, Fahrräder, Bilderannahme, Uhren, Porzellan, Karree, Glühlampen, Installation, Computer, Computerzubehör, Musikinstrumente, Kassetten, Spielzeug und so weiter, bis der eigene Name gefunden ist. Der Kassierer kann sich das schenken, er hat noch nie an einer anderen Kasse als an Kasse 53 gearbeitet und würde nur ungern seinen Arbeitsplatz in der CD-Abteilung gegen einen anderen im Haus eintauschen. Selbst wenn es vorübergehend wäre, an einer anderen Kasse zu arbeiten, das reizt ihn nicht. Es ist acht Uhr sechs. Der Kassierer stellt die Geldkassette in dem Büro gegenüber von der Spätkasse auf einen Rollwagen vor dem dickwandigen Tresor ab. Deckenhohe Regale, allesamt vollgestopft mit Ordnern, schmücken die Wände des Raums, in dessen Mitte ein schlichter, verwaister Schreibtisch steht. Fenster gibt es keine. Der Kassierer hat nicht die geringste Vorstellung, wer dieses Büro für gewöhnlich nutzt, wenn es denn genutzt wird. Er betritt es nur abends, um, wie alle anderen Kassierer, die Geldkassette abzuliefern. Herr Dube wird diese später zusammen mit den Geldkassetten der anderen Kassen in dem Tresor verstauen, den Büroraum mit einem der zahlreichen Schlüssel seines Schlüsselbundes abschließen. Insgesamt etwa eintausendfünfhundert Mark hat der Kassierer bei Ladenschluss in der Kasse gehabt, hauptsächlich Wechselgeld. Außerdem einen schmalen Papierstreifen, der jetzt ebenfalls in der Geldkassette liegt. Auf ihm ist das Abrechnungsergebnis des heutigen Tages notiert: minus eins Komma null vier. Bei einem Umsatz von knapp achtzehntausend Mark sind eine Mark und vier Pfennig Differenz nicht der Rede wert. Andererseits hat an Kasse 53 am gestrigen Montag bei einem Umsatz von mehr als dreißigtausend, von exakt einunddreißigtausendachthundertsechzig Mark und achtundvierzig Pfennig, alles gestimmt. Es wurmt den Kassierer, wenn das anders ist. Immer wieder, obwohl er weiß, dass Kassendifferenzen in einem Kaufhaus die Regel sind, dass alles andere die seltene Ausnahme ist. Bei hunderten Kassiervorgängen am Tag kann beim Kopfrechnen schon mal etwas schiefgehen, man kann als Kassierer beim Herausgeben des Wechselgeldes ins falsche Kleingeldfach greifen, sich vertippen, und eine Mark und vier Pfennig Kassendifferenz sind ein Witz, im Vergleich zu anderen Kassen schneidet man mit einer Mark und vier Pfennig Differenz sogar überdurchschnittlich gut ab. Dem Kassierer ist trotzdem unklar, wie es zu diesem Fehlbetrag kommen konnte. Fest steht, es war dabei höchstwahrscheinlich mehr als bloß ein Fehler im Spiel, und wenn die Fehler theoretisch, was keineswegs unwahrscheinlich ist, auch seiner Ablösung unterlaufen sein könnten. Dieser Gedanke macht den Kassierer nicht gerade glücklich. Differenzen stören ihn.

Minus eins Komma null vier.

Herr Perl drückt die Zigarette in einem roten Plastikaschenbecher aus. Er heftet sich dem Kassierer an die Fersen, als dieser das Büro, in dem sich der Tresor für die Geldkassetten befindet, wieder verlässt und schnellen Schrittes an der Spätkasse vorbei in Richtung Hochparterre eilt. Er käme mit ihm mit, er solle warten, ruft Herr Perl dem Kassierer hinterher. Es dauert eine Weile, bis Herr Perl aufgeschlossen hat. Sie verlassen die Geschäftsräume durch eine Glastür am hinteren Ende der Abteilung mit den Töpfen, Bestecken und sonstigen

Haushaltswaren. Perl, der im Treppenhaus aus Gewohnheit den Fahrstuhl anpeilt, lässt zunächst die Schultern hängen, als der Kassierer die ersten Stufen in Richtung zweiten Stock nimmt, entscheidet sich dann aber doch, ebenfalls zu Fuß den Weg nach oben anzutreten. Sport, verkündet Perl, der bereits auf dem ersten Treppenabsatz bühnenreif pustend den Kurzatmigen mimt, Sport sei seine Sache ja nicht, *obwohl Treppensteigen*, sagt er, *natürlich sehr gesund sein soll*. Perl stöhnt. *Ja, da gackert die Lunge*, sagt er. Hätte er doch bloß nicht wieder, Perl produziert einen Huster, hätte er doch bloß nicht wieder mit dem Rauchen angefangen. Die Treppenstufen nimmt er dessen ungeachtet flink, fast elegant, und auch sein Redeschwall versiegt nicht. *Stress*, teilt Perl mit, *ich sag's dir, und wenn du dann noch Probleme in der Partnerschaft hast. Schönen Dank auch.* In einer Art freiem Assoziieren schwingt sich Perl behände von Thema zu Thema. Ob der Kassierer schon den neuen Kollegen aus der Lampenabteilung kennengelernt habe, will Perl wissen. Sie passieren gerade den Gang, der sie vom Treppenhaus des hinteren Teils des verwinkelten Gebäudes in den vorderen Teil führt. Neue Kollegen interessieren den Kassierer im Grunde nicht die Bohne, auf Perl hingegen üben Neueinstellungen mitunter einen regelrecht elektrisierenden Einfluss aus, lassen ihn aufblühen und geben seinem Mitteilungsdrang Futter, besonders dann, wenn die neuen Kollegen jung sind, schlank, *viril* und dabei nach Möglichkeit *wenig hetero*. Perl schiebt, wenn er nach Worten wie *wenig hetero* eine kurze Kunstpause einlegt, seine Zungenspitze vor, presst sie gegen die Oberlippe, strahlt über das ganze Gesicht und rollt vergnügt mit den Augen. Der Kassierer nennt das Perls Dienstagsgesicht. Der Dienstag ist Perls Lieblingstag. Ausnahmslos jeder neue Angestellte, jeder Lehrling, jede Aushilfskraft hat, einer alten Firmentradition folgend, an einem Dienstag in diesem Kaufhaus begonnen.

Niemand, so hatte es der Firmengründer gewollt, solle sich zu Wochenbeginn ins Ungewisse stürzen müssen.

Sein Redeschwall versiegt nicht.

Acht Uhr neun. Der Kassierer und Herr Perl kommen im dritten Stock an. Perl preist gerade in einer für ihn untypisch dezenten Weise das Gesäß des neuen Kollegen, wechselt dann aber, nachdem das in diesem Zusammenhang wohl unvermeidliche Wort *knackig* gefallen ist, auch schon wieder vom Speziellen zum Allgemeinen. Eigentlich stünde er ja mehr auf echte Kerle, *auf so Bauarbeitertypen*, erläutert Perl, im Sommer könne er stundenlang vor Baugerüsten ausharren. Herr Perl und der Kassierer erreichen die Tür zum Umkleideraum. Perl öffnet sie, bedeutet dem Kassierer mit einer weit ausholenden, übertrieben galanten Geste vor ihm einzutreten und setzt nebenher zum Schlussakkord an. Für eine Horde johlender Gerüstbauer, sagt er, würde er bei einer Weihnachtsfeier sogar glatt aus einer Torte steigen. *Von mir aus auch mit Plüschohren*, sagt Perl, schiebt seine Zunge gegen die Oberlippe und rollt mit den Augen – sein Dienstagsgesicht. Jeder, der in den letzten zehn Jahren in diesem Kaufhaus angefangen hat, kennt dieses Gesicht, hat es mit ziemlicher Sicherheit gleich an seinem ersten Arbeitstag zu sehen bekommen. Perl stellt sich neuen Kollegen vor, und noch ehe die erste Woche vorbei ist, weiß man, dass Herr Perl in einem sechzig Kilometer entfernten Ort wohnt, dort zusammen mit seiner Mutter in einem kleinen Haus lebt, dessen Garten er in Ordnung hält. Jeden Morgen fährt Perl mit dem Zug zur Arbeit, jeden Abend mit dem Zug von der Arbeit zurück. Immer samstags kauft Perl sich in der Stadt, in der er arbeitet, morgens vor Dienstbeginn am Bahnhofskiosk die Zeitung, studiert aufmerksam den Wohnungsmarkt, markiert in der Rubrik Einzimmerwohnungen mit gelbem Textmarker Anzeigen. Mindestens zwei-, dreimal im

Monat vereinbart er mit Inserenten Wohnungsbesichtigungstermine, um tags drauf dann die detailreichen Schilderungen dieser Ortsbegehungen am Mittagstisch in der Kantine abzuliefern. Manche seiner Kollegen, die ihn schon seit seiner Anfangszeit in diesem Kaufhaus kennen, behaupten, er mache dies bereits seit zehn Jahren.

Vom Speziellen zum Allgemeinen.

Im Umkleideraum herrscht reges Treiben. Der Kassierer kämpft sich, nachdem er sich mit kurzem Gruß von Perl verabschiedet hat, gegen den Strom der sich an ihm vorbei zur Tür drängenden Kollegen zu seinem Spind vor, dem Spind mit der Nummer sechsundzwanzig. Er öffnet ihn, lockert seine Krawatte, streift sie ab, hängt sie über einen Bügel zu den anderen Krawatten, entfernt das Namensschild von der Hemdbrusttasche, legt das Namensschild ins Spindfach, knöpft die oberen drei Hemdknöpfe auf, zieht das Hemd, unter dem er ein schlicht weißes T-Shirt mit V-Ausschnitt trägt, über den Kopf, faltet das Hemd notdürftig zusammen, verstaut es in seinem Rucksack, schultert den Rucksack, schließt den Spind, reiht sich in den Strom der aus dem Umkleideraum eilenden Kollegen ein. Acht Uhr dreizehn. Der Kassierer verlässt den Umkleideraum, wendet sich nach rechts, in Richtung Ausgang, wirft dabei einen kurzen Blick über die Schulter nach links. Aus der Damenumkleide, einem kleinen Pulk von Verkäuferinnen, die der Kassierer nur vom Sehen kennt, nachfolgend, kommen Frau Glaser und Frau Wilson gerade den Gang hoch in seine Richtung. Der Kassierer verlangsamt den Schritt, hebt die Hand, lächelt den Kolleginnen zu. Sie zu ignorieren, so zu tun, als hätte er sie nicht gesehen, ist es zu spät. Einen Augenblick überlegt der Kassierer, ob er stehen bleiben sollte, um auf die beiden zu warten, aber nachdem Frau Glaser müde zurückgelächelt und Frau Wilson parallel dazu zurückgewunken hat, setzt er seinen Weg fort. Mittags sitzt der Kassierer hin und wieder mit den beiden in der Kantine an einem Tisch. Frau Wilson von der Heimwerkerkasse im dritten Stock, Mutter zweier erwachsener Kinder und eine imposante Erscheinung, circa einen Meter achtzig groß und um die einhundertfünfzig Kilo schwer, hat einen Narren am Kassierer gefressen. Ein wenig erinnert er sie wohl an ihren Sohn, der im selben Alter wie der Kassierer ist. Außerdem hat der Kassierer bei der Weihnachtsfeier im letzten Jahr mit Frau Wilson getanzt, eine Rumba, und allein das dürfte wohl ausreichen, um bis zu seinem letzten Arbeitstag in diesem Kaufhaus in ihrer Gunst zu stehen. Nicht dass ihm das viel bedeuten würde, dem Kassierer ist es mehr oder weniger gleichgültig, was seine Kolleginnen und Kollegen von ihm halten, aber mit Ausnahme von Frau Wilson, die ihn fest in ihr Herz geschlossen hat, können die meisten, da ist der Kassierer sich sicher, nur sehr wenig mit ihm anfangen. Frau Glaser zum Beispiel gibt sich alle Mühe, den Kassierer zu schneiden, so gut es geht. Sitzen sie bei Tisch zusammen, kann der Kassierer sich darauf verlassen, dass sie weder ein Wort an ihn richten noch in seine Richtung blicken wird. Frau Glaser, klein, schlank, sehnig, dünnlippig, eine geschiedene Frau um die fünfzig mit tiefen Furchen im Gesicht, kann, das meint der Kassierer wenigstens zu spüren, ihn nicht ausstehen.

Nicht dass ihm das viel bedeuten würde.

Ganz am Anfang seiner Zeit an Kasse 53 hat der Kassierer einmal nachmittags zur Pause allein mit Frau Glaser im Raucherteil der Kantine gesessen. Er erinnert sich gut an diesen Nachmittag: Frau Glaser sitzt ihm gegenüber, hebt ihre Tasse in Kinnhöhe, pustet in den dampfenden Kaffee. Sie habe gehört, er würde studieren, sagt sie. Der Kassierer lächelt. *In einem Kaufhaus funktionieren die Buschtrommeln*, sagt Frau Glaser. Der Kassierer weiß, was sie meint, weiß er doch etwa auch, ohne es wissen zu wollen, dass der Enkel des Firmengründers, der seit einigen Jahren zusammen mit seiner Frau, die für die PR-Arbeit zuständig ist, das Unternehmen leitet, ein Verhältnis mit einer seiner Angestellten, sinnigerweise mit der Leiterin der Porzellanabteilung, hat. Jeder weiß das, alle wissen über fast alles Bescheid. Frau Glaser nippt, die Stirn dabei gekraust, mit vorgeschobener Oberlippe an ihrem offensichtlich sehr heißen Getränk. Sie hakt nach. Was er denn studieren würde, will sie von ihm wissen. Der Kassierer überlegt, ob er ihr die gleiche Geschichte erzählen soll wie Frau Franck von der Warenannahme. Ihr, Frau Franck, hat er erzählt, er würde Enzyklopädie studieren. Frau Franck, die neugierig, aber nicht sehr helle ist, hat diese Auskunft gereicht, sie hat ein wenig gekichert und ihm die Tüten, die das Kassenpersonal bei ihr an der Warenannahme bekommt, gegeben. Frau Glaser würde ihm die Sache mit der Enzyklopädie womöglich nicht so ohne weiteres abkaufen. Wobei der Kassierer keine Sorge hat, dass ihm zum Thema Enzyklopädie nichts einfallen würde. Er könnte Frau Glaser zum Beispiel erklären, dass er sich im Rahmen seines Studiums auf praktische Enzyklopädie konzentriere. Er könnte ausführen: Im Gegensatz zur systematischen Enzyklopädie, die auf Speusippos zurückgehe, befasse sich die knapp tausend Jahre ältere praktische Enzyklopädie nicht mit den vordergründig ordnenden Aspekten, sondern ziele mehr auf die sophistischen Betrachtungsweisen des universalen Wissens ab. Alltagsbildung sei das Stichwort, könnte er sagen, er könnte den Namen Hippias von Elis fallen lassen. Frau Glaser würde ihn dann vielleicht verständnislos angucken, woraufhin er sich ein Stück nach vorn beugen könnte, um mit leiser, fester, geheimnisvoller Stimme zu sagen: *Jedes Ding ist eine Welt für sich, alles hängt mit allem zusammen, und wir Enzyklopädisten haben uns auf die Fahnen geschrie-*

ben, separiertes Wissen zu vernetzen. Das könnte er sagen und könnte dann noch hinzufügen: *Den allgemein vorherrschenden Glauben, dass in unserer Expertenwelt das oberflächliche Halbwissen immer wichtiger wird, teilen wir Enzyklopädisten nicht.* Könnte er. Tatsächlich aber sagt er zu Frau Glaser nur: *Das geht Sie nichts an.*

Jedes Ding ist eine Welt für sich.

Kurz bevor der Kassierer das Pförtnerkabäuschen am Ende des Ganges erreicht, biegt er nach rechts ab, verschwindet in der Herrentoilette, tritt dort ans Waschbecken. Während das lauwarme Wasser über die Hände läuft, betrachtet der Kassierer sein im rahmenlosen Spiegel gespiegeltes Gesicht. Hört, wie sich draußen vor der Tür die Kolleginnen und Kollegen, unter ihnen Frau Glaser, Frau Wilson und kurze Zeit später auch Herr Perl, vom Pförtner verabschieden. Der Kassierer dreht den Wasserhahn zu, trocknet die Hände mit einem Papiertuch ab, verlässt die Herrentoilette wieder. Direkt gegenüber dem Toilettenraum befindet sich eine etwa in Hüfthöhe angebrachte, zwei Handbreit aus der Wand ragende Konsole: ein nicht mehr ganz junges Datenverarbeitungsgerät zur Stundenerfassung. Der Kassierer klaubt seine Personalkarte aus dem Portemonnaie, schiebt sie, Magnetstreifen unten links, vorne in den an der Konsole dafür vorgesehenen Schlitz. *Danke schön. Daten erfasst.* Oben rechts in der Ecke des Displays erscheint die Uhrzeit: *20:15.* Der Kassierer steckt die Karte zurück ins Portemonnaie, passiert die Lichtschranke vor dem Pförtnerkabäuschen. Der Pförtner hat seinen Arbeitsplatz bereits verlassen. Er steht am Ausgang vor einer hohen, schweren Flügeltür aus hellem, massiven Holz. Dahinter liegt das Treppenhaus, das drei Etagen tiefer im Erdgeschoss in der Eingangshalle endet. Je eine Podest- und eine viertelgewendelte Treppe verbinden die Stockwerke untereinander. Benutzt man nicht einen der zwei Fahrstühle, sind es insgesamt knapp einhundertfünfzig Stufen, die man vom dritten Stock hinabzusteigen hat, bevor man schließlich durch den kleinen Seitenausgang zur Fußgängerzone vor dem Kaufhaus gelangt. Herr Adrian, der Pförtner, öffnet dem Kassierer oben im dritten Stock die Tür. In der Nomenklatur der Anatomie, denkt der Kassierer unwillkürlich, ist Pförtner der Terminus für den Schließmuskel am Magenausgang, und der Magen ist ein beutelförmiges inneres Organ, das die zugeführte Nahrung aufnimmt und, nachdem er sie bis zu einem bestimmten Grad verdaut hat, an den Darm weitergibt. Der Kassierer beißt die Zahnreihen aufeinander, spürt, wie sich die Zwerchfellmuskulatur spannt. Er kann nichts gegen diese Gedanken tun, und wie immer, wenn Herr Adrian ihm die Tür aufhält, vermeidet es der Kassierer, dem Pförtner ins Gesicht zu sehen. *Bis morgen*, sagt der Kassierer, als er an Herrn Adrian vorbei ins Treppenhaus schlüpft. Herr Adrian murmelt dumpf in seinen sauber gestutzten Bart, tippt mit einem Fingerpaar aus Zeige- und Mittelfinger gegen den Schirm seiner bejahrten Cordmütze.

KUNDE # 1153 – # 1749

BÉSAME THURSDAY

– Neunundsiebzigneunundneunzig.

Fast achtzig. Das dürfte auch so ungefähr das Alter der Kundin sein. Sie fragt:

– Was sagten Sie gleich?

In ganzen Sätzen sprechen. Ich sage:

– Das macht dann neunundsiebzig Mark und neunundneunzig Pfennige, bitte.

Knöchrige Hände kramen in einer stattlichen Tragetasche. Es ist wie mit diesen russischen Puppen: aus der Tasche das Täschchen, aus dem Täschchen den Beutel, aus dem Beutel das Tütchen, aus dem Tütchen ein Portemonnaie. Sie sagt:

– Na also, da haben wir es ja schon.

Im Geheimfach des Portemonnaies befindet sich ein Kuvert, im Kuvert ein weiterer Umschlag, und in diesem Umschlag: Geld. Eine Banknote. Die Kundin sagt:

– So, mein Herr, ein frisch gebügelter Blauer.

Sanft streicht sie mit der Handkante über den Schein. Das mit dem Bügeln nehme ich ihr ab.

– Danke schön.

Ich nehme den Hunderter an mich, zähle sorgfältig das Wechselgeld vor, sage:

– Zwanzig Mark und einen Pfennig bekommen Sie zurück.

Frisch aus der Geldfabrik. Der Pfennig glänzt. Sie sagt:

– Der ist aber schön. Wirklich.

Ich mache mein Ein-Traum-von-einem-Schwiegersohn-Gesicht, sage:

– Extra für Sie poliert.

Sie strahlt. Ich strahle zurück und frage:

– Darf ich Ihnen vielleicht eine Plastiktragetasche anbieten?

Heftiges Nicken. Die Kundin sagt:

–Ja, das wäre sehr nett, junger Mann. Gern.

Ich überreiche die Ware, bedanke mich für ihren Einkauf, sage:

– Beehren Sie uns bald wieder.

Die trüben Augen der Kundin bekommen Glanz:

– Ach, wissen Sie, bei Ihnen im Haus wird man immer so nett bedient.

Mittwoch | 4. August 1999

[# 1210]

Gut und gerne siebenundzwanzigtausend Tage, fast fünfundsiebzig Jahre, stehen dem Kunden, der da jenseits des Tresens auf sein Wechselgeld wartet, in sein faltiges Rosinengesicht geschrieben, und im Augenblick sieht dieses Gesicht nicht glücklich aus. Ich sage:

– Und einen Pfennig gibt es zurück.

Der Kunde zupft an seiner Armbinde, drei schwarze Punkte auf gelbem Grund. Dann liest er die kupferplattierte Münze, die im Vergleich zu seinem Daumennagel beinah zierlich wirkt, mit einer geschickten Fingerbewegung vom Kassentresen auf und fragt:

– Was soll denn das sein, junger Mann?

Das Geldstück wird dicht vor in Horn gefasste Glasbausteine einer enormen Schildpattbrille mit schwerem Gestell gehalten und eingehend inspiziert. Ich sage:

– Das ist das Wechselgeld. Ihr Pfennig.

Der Kunde hebt den Blick. Wie unter einer Lupe vergrößerte, wässrige Augen mit murmelgroßen Pupillen beäugen mich kritisch durch das fettfleckige Glas der Sehhilfe hindurch. Der Kunde sagt:

– Was Sie nicht sagen, mein Bester.

Er hält mir den Pfennig unter die Nase. Die Rückseite ist leicht angelaufen. Ich sage:

– Patina.

Der Kunde öffnet den von zwei tiefen Falten gerahmten, scharf geschnittenen Mund, presst ein kurzes, annähernd stummes Lachen zwischen den aufgeplatzten, trockenen Lippen hervor und sagt:

– Genau, mein Freund, Patina. Nur gut, dass ich immer schön auf dem Quivive bin.

Ich gebe ihm recht und außerdem selbstverständlich auf der Stelle ein anderes Pfennigstück. Ich sage:

– Funkelkupferniegelnagelneu.

Daumen und Zeigefinger des Kunden runden sich anerkennend zu einem O.

Er sagt:

– Den haben Sie wohl extra poliert.

Ich nicke ernst, sage:

– Genau, das machen wir immer nach Feierabend.

Ist natürlich Quatsch. Ein paar Obdachlose oder auf frischer Tat ertappte Ladendiebe erledigen das für uns. Im Gegenzug gibt's eine warme Mahlzeit beziehungsweise weniger Prügel. Er sagt:

– Eins a.

Dann spuckt er auf den Pfennig, steckt ihn ein, tippt sich an die Mütze und verabschiedet sich.

[Altruismus]

In gewisser Weise haben Kassierer auch einen sozialen Auftrag. Mehr noch, ihr Job bekommt im Umgang mit Menschen fortgeschrittenen Alters eine karitative, fast schon humanitäre Dimension. Meist kennt man ja nur alte Menschen, mit denen man verwandt ist. Nett sind die, vielleicht etwas sonderbar, aber anscheinend harmlos, liebenswert. Wer beruflich mit älteren Menschen in Kontakt steht, weiß, dass diese Einschätzung mit der Wirklichkeit wenig bis nichts zu tun hat. Die Vorstellungen von der herzensguten Oma und dem tapsigen, grundgemütlichen Opa mögen im familiären Kontext oder für Produktentwickler der Zerstreuungs- und Unterhaltungsindustrie eine gewisse Relevanz besitzen, in der Realität des öffentlichen Raums tendiert ihre Gültigkeit aber gen Null. Beispiel Point of Sale. Es liegt in der Natur der Sache, dass hilfsbedürftigen Kunden hier mit deutlich mehr Rücksicht begegnet wird als anderswo: das Wunder der Kaufkraft. Älteren Menschen ist dies bewusst. Anstatt aus diesem Bewusstsein heraus jedoch mit Dankbarkeit auf die ihnen entgegengebrachte Hilfsbereitschaft zu reagieren, reizen sie lieber die Geduld, Milde und Gutmütigkeit des Kassenpersonals skrupelfrei, schamlos und bis zum Gehtnichtmehr aus. Mit anderen Worten: Häkelstunden, Bouleturniere und Kaffeekränzchen finden woanders statt.

[# 1291]

Ein Verkäufer stellt einen zehn CDs hohen CD-Stapel auf dem Kassentresen ab. Auf die zu dem CD-Stapel gehörende Kundin hat er ein paar Schritte Vorsprung. Er nutzt ihn, um kurz die Augen zu verdrehen und zu verschwinden, bevor die Kundin die Kasse erreicht. Sie sagt:

– Die Beratung hier war früher auch mal besser.

Apropos früher: Die Kundin trägt, anscheinend darum bemüht, dem klassischen Alte-Damen-Klischee gerecht zu werden, ein Haarimitat in Dauerwellenform, das von einer Mohairstoffkappe mit Schmuckband und buntem Federputz gekrönt wird. Ich sage:

– Neunundneunzig Mark und neunzig Pfennig, bitte. Die Kundin reicht mir mit nach unten gezogenen Mundwinkeln einen Tausender:

– Warum sagen Sie nicht gleich einhundert?

Ihre wässrigen Augen fixieren mich. Augen wie Stanniolpapier. Ich zähle das Wechselgeld vor:

– Neunhundert Mark und zehn Pfennig gibt's zurück.

Sie nimmt das Geld an sich, verstaut es in ihrem Portemonnaie und ihr Portemonnaie in einer geräumigen Unterarmtasche aus rotem Kunstleder, die offensichtlich leer zu sein scheint. Ich frage:

– Möchten Sie eine Tüte haben?

Die Kundin strafft sich, ringt nach Luft. Sie sagt:

– Na, so was habe ich ja noch nie gehört. Unverschämt.

Ich überlege, ob die Kundin womöglich ein Hörgerät trägt und ob dieses Gerät meine Frage unter Umständen falsch übermittelt haben könnte. Ich frage jedenfalls noch einmal, etwas lauter:

– Kann ich Ihnen eine Tüte anbieten?

Diese Wiederholung erweist sich als wenig hilfreich.

– Ich bin nicht taub, mein Guter. Selbstverständlich möchte ich eine Tüte haben.

Ihr Federputz bebt. Ich packe die CDs ein und denke über die leere Unterarmtasche nach, denke: Früher war bestimmt alles besser.

[Lebensträume]

Es gibt nur wenig Dinge, die das eigene Wohlbefinden steigern. Dinge aber, die das Gegenteil bewirken, gibt es zuhauf, und ihre Zahl, hat man den Eindruck, wächst mit jedem Lebensjahr. Umso erstaunlicher: Studien belegen, dass der Mensch mit zunehmendem Alter alles positiver sieht, dass er grundsätzlich, je älter er ist und wird, durchaus auch immer zufriedener mit sich und der Welt zu sein und werden scheint. Verblüffend. Noch viel unglaublicher: Laut Umfragen wünschen sich die meisten Damen und Herren im Rentenalter mit Abstand nichts sehnlicher als den Lottogewinn. Sechs Richtige mit Zusatzzahl, einmal den Jackpot knacken. Davon träumt man auf Rheumadecken, beim Seniorentanz, im Kurhotel, nach Butterfahrten, vor der täglichen Abführtablette und während des Entenfütterns. Nicht die Gentechnik ist es, auf die man hofft, nicht die Medizin. Unsterblichkeit und ewiges Leben spielen eine eher untergeordnete Rolle. Spielglück, Wohlstand, Reichtum, Überfluss – das interessiert. Man spekuliert auf das ganz und gar Unwahrscheinliche. Was ähnlich schön ist wie jener an der Kasse oft beobachtete Optimismus der über Neunzigjährigen, die sich mit einem heiteren *Auf Wiedersehen* verabschieden. Die Hoffnung stirbt zuletzt. Und vielleicht soll dies die Botschaft sein. Als eine Art Wink in Richtung Jugend könnte man es verstehen, als versteckte Aufmunterung, erbaulich, tröstend und weise wie ein Popsong, *Nichts ist vorbei, bevor es vorbei ist.* Andererseits: Ein bisschen drohend, ein wenig zynisch klingt es auch. Wie der Traum von den Lottomillionen, der womöglich noch dann geträumt wird, wenn man schon verlassen und fern der eigenen vier Wände in einem Heim beziehungsweise stationär als verkabelter, maschinenbetriebener Cyborg längst dabei ist, das Zeitliche zu segnen.

[# 1331]

– Zweiunddreißigneunundneunzig, bitte.

Vor mir steht ein Pärchen, ein Mann, eine Frau. Sie stützt sich auf Krücken ab, er bewegt sich, offensichtlich durch seinen Tremor dazu gezwungen, freihändig. Er zahlt. Sie sagt:

– Hast du auch genug Geld dabei?

Er produziert, quasi als Antwort, mit der Zunge an der Oberseite des Gaumens einen Schnalzlaut, leckt dann den Zeigefinger an und zieht mit diesem einen Geldschein aus seiner Brieftasche:

– Voilà.

Es ist ein Zehnmarkschein. Die Frau lehnt ihre rechte Krücke gegen den Tresen, nimmt mit der nun freien Hand den Zehnmarkschein an sich, steckt den Schein dem Mann zurück in die noch geöffnete Brieftasche und zupft aus eben dieser Brieftasche einen Hunderter hervor. Sie sagt:

– Du musst schon genau hinsehen.

Der Mann presst die Lippen zusammen, senkt die Augenlider. Ich gebe ihm das Wechselgeld:

– Siebenundsechzig Mark und einen Pfennig zurück.

Er verstaut das Münzgeld in der Hosentasche. Sie sagt zu ihm:

– Zähl schön nach.

Er blickt sich zu ihr um, hebt die Brauen, sagt:

– Was?!

Dann hält er die von mir erhaltenen Banknoten prüfend gegen das Deckenlicht. Sie fragt:

– Sind die nicht echt?

Er antwortet wieder:

– Was?!

Ich überlege, ob er im Fall der Fälle gefälschte Scheine wirklich erkennen könnte oder ob er vielleicht einfach nur Wasserzeichen mag. Sie fragt:

– Wo geht's denn hier nach draußen?

Ich deute auf die Eingangstür. Sie nickt, sagt zu ihrem Begleiter:

– Komm. Bist du so weit?

Er nimmt der Frau eine Krücke ab, hakt die Frau unter und wackelt mit ihr in die falsche Richtung davon. Sie protestiert nicht.

[Gesundheitssystem]

Internisten, Dentisten, Allopathen, Otiater, Orthopäden, Muschelkieker, Uro-, Neuro-, Pulmo-, Kardio-, Onko- und Proktologen et cetera et cetera. Insgesamt dreieinhalbtausend niedergelassene Ärzte gibt es in der Stadt. Mittwochnachmittags schließen die meisten von ihnen die Praxen. Prompt nimmt der Kundenverkehr in den Kaufhäusern dramatisch zu. Lauter Hustende, Fiebrige, Verschnupfte, Gezeichnete, Allergische, Befallene, Infizierte, Gestörte, zuweilen auch Multimorbide tauchen dann urplötzlich an den Kaufhauskassen auf. Der Mittwoch ist im Einzelhandel der traditionelle Tag der Kranken, Maladen, Moribunden und Siechen. Und er ist natürlich der Tag der ärztlichen Stammkunden, der Berufspatienten, der Tag der Alten und Ältesten. Heerscharen von Ergrauten, von Hochbetagten, von Bejahrten, Bemoosten, Bekrückten, von Hinfälligen, Tattrigen, Verkalkten, Buckligen, Humpelnden, Senilen, von Verfalteten, Verknorzten, Verknöcherten, Verschrumpelten, Verwelkten, von Greisen und Greisinnen, von Scheintoten, Untoten und Zombies bevölkern mittwochs die Kaufhäuser. Ihnen ersetzt das Warenhaus am Mittwochnachmittag die Apotheke und der Konsum das Medikament. Ausnahmslos alles gibt es rezeptfrei in der wunderbaren Warenwelt: Das lieben sie. Sie lieben das behandlungsraumsterile Licht, lieben es, einmal nicht von Diagnosen, Untersuchungen, Sprechstundenhilfen und Halbgöttern in Weiß eingeschüchtert zu werden, sondern König, Herrscher, Halbgott selbst zu sein.

[# 1545]

Eine schwer beringte Hand knallt ein Video auf den Tresen. Die Haut der Hand, aber mehr noch die Haut am Hals der Kundin und auch ihre Gesichtshaut erinnern, was Farbe und besonders ihre Beschaffenheit angeht, an die Oberflächentextur rissiger Walnussschalen. Ich sage:

– Guten Tag.

Keine Antwort, nur ein leises Gemurmel unter der steifen Oberlippe ist zu vernehmen. Ich sage:

– Siebenundzwanzigneunundneunzig.

Ich sage es mit einem durchaus charmanten Tonfall. Die einhändig auf einen Laufwagen gestützte Kundin reicht mir mit ausladender Geste, weit ausgestrecktem Arm und nach oben gedrehtem Handrücken eine Banknote. Schweigend. Ich sage:

– Danke schön.

Und angesichts der wie zum Handkuss hingestreckten Hand belasse ich es nicht dabei, ich sage auch noch, dabei um eine möglichst französische Aussprache der beiden Worte bemüht:

– Merci beaucoup.

Die Kundin schaut mich an, als hätte ich blau gefärbte Augäpfel, einen Pflock durch die Nase oder beides. Sie zieht angewidert Luft durch ihre faltigen Nüstern. Ich sage höflich:

– Zweiundzwanzig Mark und einen Pfennig bekommen Sie zurück.

Das Geld wird eiligst von der beringten Walnusshand aufgeklaubt. Ich halte der Kundin derweil schon einmal den Bon hin, sage besonders freundlich:

– So, und hier ist Ihr Kassenbeleg.

Und dann, nachdem sie ihn an sich gerissen hat, frage ich noch:

– Möchten Sie vielleicht eine Tüte haben?

Aber die Kundin will keine. Sie schiebt ihren Laufwagen bereits in Richtung Ausgang.

[Jugendsünde]

Dass die Jugend von heute in der Schule nichts mehr lernt, dass sie Krachmusik hört, vor dem Fernseher verblödet, am Computer verfettet, in unvollständigen Sätzen spricht, den Genitiv verkümmern lässt, das Verb *brauchen* ohne die Präposition *zu* gebraucht, nicht einen einzigen Paulus-Brief mit Namen kennt, die Wacht am Rhein womöglich für eine Speedmetalcombo hält, Toast dem Schwarzbrot vorzieht und ihr Weltbild auf Hollywood-Filme, PC-Spiele, Comics, TV-Serien, Werbung, Pornovideos und Popsongs gründet: All dies ficht die ältere Generation nicht wirklich an. Dass die Jugend von heute jung ist, das macht den Alten zu schaffen. Und es macht ihnen besonders deshalb zu schaffen, weil sie wissen, dass es auch morgen wieder eine Jugend von heute geben wird. Genau wie übermorgen, überübermorgen und immer so weiter und so fort bis ultimo. Was Folgen hat. Denn die stete und damit gnadenlos brutale Gegenwart von scheinbar ewiger Jugend, während man selbst schrumpft, Knitterohren bekommt, schmallippig wird und vor dem Schlafengehen den Zahnersatz aus dem Mund zu pulen hat, will verarbeitet sein. Kein Klacks. Dürften die faltenlosen, unverbrauchten, pfirsichhautzarten Gesichter der Nachwachsenden doch wie Hohn, Spott, wie eine mutwillige Provokation wirken, wenn das eigene, müde, verlebte und zerfurchte Gesicht praktisch täglich hornhautfarbener, ledriger und altersfleckiger zu werden scheint. Wähnt man sich im Alter ja ohnehin ständig verfolgt, belächelt, bedroht und betrogen. Die Viktimisierungserwartung steigt mit den Jahren, und je intensiver, grundsätzlicher und häufiger man sich in die Rolle des potenziellen Opfers gedrängt sieht, desto größer wird selbstverständlich der Kreis derer, die als Täter in Frage kommen. Womit logischerweise über kurz oder lang jeder verdächtig wird. Jeder Verwandte, jeder Freund, jeder Nachbar, jeder Mitbürger, der ganze Rest der Welt. Demnach ist es nicht ein Vorrecht der Jugend, von den Alten schief angesehen zu werden, aber die Jugend hat immerhin das Vorrecht, den Alten ein echtes Motiv für ihre Ressentiments zu liefern. Sie ist nämlich, was die Alten früher auch waren, aber nie mehr sein werden: nicht alt.

[#1666]

Vor mir stehen ein älterer Herr und ein junger Mann. Offensichtlich gehören sie zusammen. Der ältere Herr hat sich breitbeinig, in kerzengrader Haltung und mit hinter dem Rücken verschränkten Händen vor mir und dem uns trennenden Tresen aufgebaut. Mit sanfter, warmer Stimme sagt er:

– Grüß Gott. Sagen Sie, hat der Bimbo da unten bei den Kopfhörern eine Festanstellung?

Der ältere Herr mit dem Oberlippenbärtchen und dem Bürstenhaarschnitt macht rein äußerlich keinen unsympathischen Eindruck. Ein netter, rüstiger Rentner, könnte man meinen. Ich sage:

– Sie sprechen von George?

Der junge Mann, der, schräg versetzt, um etwa eine Armlänge hinter dem älteren Herrn steht und mit seinem kniekahlen Kopf und einem eher massigen Körper ein wenig wie eine Mensch-ärgere-dich-nicht-Figur aussieht, reicht mir eine CD. Titel: Wir marschieren! Der ältere Herr sagt:

– Ich spreche von dem Bimbo, der da unten die Musik auflegt.

Ich fahre mit dem Handscanner über den Barcode der CD, sage:

– Sie meinen George.

Der ältere Herr schaut mir in die Augen, ich schaue zurück, wir spielen niederstarren. Es dauert nicht lange, mein Gegenüber hat keine Ausdauer, ich gewinne. Er sagt:

– Dann meine ich wohl George. Mächtig schwarz war der.

Er dreht sich zu seinem Begleiter, zu der Mensch-ärgere-dich-nicht-Figur mit dem ausdruckslosen Gesicht um, zwinkert der Figur zu, sagt, während er sich anschließend wieder mir zuwendet:

– Verstehen Sie mich nicht falsch, ich habe grundsätzlich nichts gegen Ausländer.

Ich entferne den Sicherungsrahmen von der CD, sage:

– Vierunddreißigneunundneunzig macht das bitte.

Der ältere Herr gibt dem Kahlköpfigen mit einem leichten Kopfnicken ein Zeichen, woraufhin der Kahlköpfige einen Schritt vortritt, ein Portemonnaie zückt und zahlt. Alldieweil Herrchen munter weiter philosophiert:

– Der Neger an sich ist uns physiologisch sogar weit überlegen.

Es folgt diesen Worten ein kenntnisversicherndes Nicken, begleitet von einem Summen. Ich frage:

– Eine Tüte?

Der Glatzkopf schüttelt den Kopf, nimmt die CD vom Tresen und verstaut sie in einem Jutebeutel, den er aus seiner Jackentasche hervorzaubert. Der Alte sagt:

– Tja, wie dem auch sei: der erste Neger, den ich in diesem Laden gesehen habe. George.

Er zieht den Namen in der Mitte, am O, genüsslich in die Länge. Kurze Pause. Dann sagt er:

– Einen schönen Tag noch.

Heil Hitler. Vielen Dank für diesen geschlossenen Sachvortrag.

[Generationskonflikt]

Es gibt Menschen, die sind durch nichts aus der Ruhe zu bringen. George zum Beispiel ist so ein Typ. George, geboren in Ebolowa, Kamerun, arbeitet seit knapp einem halben Jahr im Tiefparterre am sogenannten Vorspieltresen. Ein lebhafter Ort. Der Vorspieltresen gehört zu den beliebtesten Serviceeinrichtungen des Hauses. Acht CD-Player, acht Kopfhörer, eine halbrunde, elegante Metall-Holzkonstruktion und dahinter George: souverän, kompetent, stressfest, temposicher und in der Regel bestens gelaunt. Wenn George am Vorspieltresen arbeitet, läuft dort alles wie am Schnürchen. Einzige Ausnahme: der Mittwoch. Nur mittwochs, wenn die *bloody old bastards* kommen, wie er sie nennt, und ihn dann, ebenfalls O-Ton George, *toto loco* treiben, verliert auch er hin und wieder die Nerven. Wenn Herren, die stramm auf die zweihundert zugehen, mal wieder unbedingt und unbelehrbar die Rückseite einer CD anhören möchten. Wenn schildkrötenhälsige Damen, weil sie behaupten, die Kopfhörer hätten ihre Frisuren zerstört, erregt den Abteilungsleiter zu sprechen wünschen. Oder wenn namenlos sture Kunden beiderlei Geschlechts ihre überschaubare irdische Restzeit damit vertun, am Vorspieltresen bezahlen zu wollen. Ereignisse, die sich stets mittwochs variantenreich zutragen. Ereignisse, die kurz darauf in der Kantine kolportiert werden, von dort die Runde durchs Haus antreten und oft Legendenstatus erlangen. Momente in jedem Fall für George voller Denkwürdigkeit, in denen er für gewöhnlich die Hände vor der Stirn zu falten pflegt, tief durchatmet, um mit weit geöffneten Augen dann die Worte *bésame thursday* gen Himmel zu schicken: Küss mich Donnerstag. Eine mittlerweile im Unternehmen häufig gebrauchte, weit verbreitete Redewendung, die kontextabhängig von *Mach, dass der Mittwoch endlich vorbeigeht* und *Hilf mir, oh Herr*, bis *Leck mich am Hintern* und *Da kriegt der Teufel Locken* so ziemlich alles bedeuten kann.

[# 1749]

Zwanzig Uhr. Mein letzter Kunde für heute. Er trägt einen Brustbeutel um den Hals, leidet unter einem nervösen Augenzucken, und in seinen Mundwinkeln klebt getrockneter Speichel: Sprechschimmel. Er wird, schätze ich, so knapp dreißig Jahre alt sein. Er fragt:

– Kennen Sie die?

Er deutet auf die CD, die er zwischen uns auf den Tresen gelegt hat. Es handelt sich dabei um eine Maxi-CD: *Maîtresse du temps*. Interpretin: Jeanne Calment. Der Kunde meint:

– Die war einhunderteinundzwanzig, als sie diesen Song veröffentlicht hat.

Grönlandwale werden schon mal zweihundert. Ich sage:

– Stolzes Alter.

Der Kunde nickt, leckt sich mit der Zungenspitze einen Teil des Sprechschimmels aus einem der Mundwinkel, aus dem von mir aus gesehen linken. Er sagt:

– Jeanne Calment war die älteste Frau der Welt.

Richtig, ich erinnere mich. Ich sage:

– Ach die, die van Gogh noch persönlich gekannt hat. Ja, ja, von der habe ich gehört.

Die Zeitungen waren bei ihrem Tod voll von gruseligen Geschichten. Der Kunde sagt:

– Auf den Tag genau vor zwei Jahren ist sie gestorben.

Er nestelt an seinem Brustbeutel herum. Er fragt:

– Möchten Sie vielleicht mal ein Foto von ihr sehen?

Eigentlich nicht. Das CD-Cover besitzt genügend Aussagekraft.

– Hier.

Er hält mir einen Illustriertenausschnitt unter die Nase. *Bésame thursday.*

– Sah sie nicht toll aus?

Zahnloser Mund, faltiger Hals, lange Nase, große Ohren, fesche Dauerwelle. Er sagt:

– Sie war blind, fast taub, saß im Rollstuhl, und trotzdem hat sie nie den Lebensmut verloren.

Er seufzt und, nachdem seine Zungenspitze dann ein weiteres Mal vorgeschossen ist, um diesmal im von mir aus gesehen rechten Mundwinkel zu naschen, fügt mit leichtem Pathos in der Stimme noch hinzu:

– Von ihr könnten wir uns alle eine Scheibe abschneiden.

Ganz gewiss. Wobei mir jetzt wirklich mehr nach Feierabend ist. Ich sage also, und danach ist mein Gerontophiler tatsächlich still und wohl beleidigt und beim Bezahlen sehr schnell, ich sage:

– Älter als hundert zu werden, finde ich unanständig.

Feierabend | Hände waschen

Dreihundertachtundsiebzig Kästen, jeder hundertfünfundachtzig hoch, dreißig breit, fünfzig tief. Die Verarbeitung der Stahlschränke entspricht der DIN 4547, ihre Korpusfarbe ist ein Anthrazitgrau, RAL 7016. Seite an Seite stehen die Spinde an den Wänden, Seite an Seite stehen sie auch im Raum, dort zudem noch Rücken an Rücken. Der Raum misst zweihundertvierzig Quadratmeter. In den schmalen Gängen zwischen den Spinden ist es eng, der graue Linoleumbelag am Boden fleckig, abgenutzt. An der Decke, neben abgehängten Rohren, klemmen in schlichten Fassungen nackte Neonröhren. Eine breite Fensterfront nimmt fast die gesamte Wand gegenüber dem Eingang ein, die hohen Kippfenster mit ihren Milchglasscheiben sind blickdicht. Den Hof, der dahinter liegt, sieht man nicht. Von draußen dringt nur wenig Tageshelle in den Umkleideraum. Das Deckenlicht ist eingeschaltet. Du stehst vor dem Spind mit der Nummer sechsundzwanzig, ziehst dich um. Die Luft ist abgestanden, ihr Sauerstoffgehalt niedrig. Du atmest Körpergeruch, Schweißgeruch, es riecht nach Turnhalle, Manege, Tierfarm. Metalltüren werden aufgerissen, zugeschlagen. Schuhsohlen quietschen über das Linoleum. Schlüssel klimpern. Kleiderbügel schlagen gegen die Stahlblechwände der Spinde. Es wird gemurmelt, gebrabbelt, gehustet, gelacht. Gesprächsfetzen dringen an dein Ohr, gehen gleich wieder unter in dem Lärm, der gegen die Spinde und über den

Spinden gegen kahle, weiße Wände und von den Wänden zurück in den Raum hallt. Dein Spind steht neben einem Mauervorsprung. Er wurde dir an deinem ersten Arbeitstag zugeteilt. Dein Chef ist mit dir in den Umkleideraum gegangen, hat vor dem Schrank mit der Nummer sechsundzwanzig haltgemacht und dir ein Bügelschloss in die Hand gedrückt. Vorher seid ihr schon im Personalbüro und im Materiallager gewesen. Im Personalbüro hast du deinen Vertrag unterschrieben und deine Personalkarte bekommen. Im Materiallager sind dir der Stapel mit den vier dir zustehenden Firmenhemden und dein Namensschild ausgehändigt worden. Bevor dich dein Chef dann zu deinem Arbeitsplatz begleitet hat, hat er dir noch den Zettel geben wollen, auf dem er sich die Nummer deines Spinds notiert hatte. Du hast gesagt, das sei nicht nötig, die Zahl sechsundzwanzig könne man sich leicht merken. Dein Chef hat das nicht kommentiert. Hätte er gefragt, warum man sich die Zahl sechsundzwanzig leicht merken könne, hättest du ihm erzählt, dass die Sechsundzwanzig zwischen einer Quadratzahl und einer Kubikzahl eingebettet sei und dass es außer der Zahl sechsundzwanzig keine zweite natürliche Zahl mit derselben Eigenschaft gebe. Aber dein Chef hat nicht gefragt, er hat einfach den Zettel, den er dir geben wollte, zusammengefaltet und in seiner Hosentasche verschwinden lassen, wortlos, und du hast am Abend deinen Spind ohne Probleme wiedergefunden. Was kein Kunststück gewesen ist. Selbst ohne die Eselsbrücke hättest du nicht nach ihm suchen müssen. Ein Aufkleber klebt direkt unter dem Etikettenhalter an der Außenseite der Spindtür. *I ♡ Trüffelpastete*, steht auf dem Aufkleber, schwarze Schrift und rotes Herz auf weißem Grund. *I ♡ Trüffelpastete.* Du liest dieses Bekenntnis, das vermutlich von deinem Vorgänger oder vom Vorgänger deines Vorgängers stammt, insgesamt viermal täglich. Das letzte Mal, wenn du abends, nach dem Umziehen, deinen Spind schließt. Du drückst die Tür in die Zarge, schiebst den Bügel des Vorhängeschlosses in den Drehriegelverschluss und drückst den Bügel nach unten. Er rastet ein. *I ♡ Trüffelpastete*, liest du. Du schulterst deinen Rucksack, drehst dich um, lässt zwei Kollegen, die grußlos an dir vorbei in Richtung Ausgang hasten, passieren. Drei Schränke weiter benutzt jemand ein Deospray. Dem Sprühgeräusch folgt mit kurzer Verzögerung ein süßlicher Geruch. Du schmeckst, schon im Gehen begriffen, das synthetische Fruchtarom auf der Zunge, meinst, die den Geruch transportierenden Partikel des odorierten Gases einzeln in der Nase spüren zu können. Du beeilst dich, den Umkleideraum zu verlassen.

I ♡ Trüffelpastete.

Ein fünfzig Meter langer Gang. Der Linoleumbelag wirkt heller als der in der Umkleidekabine, die Wände sind frisch geweißt, durch die schlierenfreien Scheiben der großen, hohen Fenster auf der linken Seite fällt Sommerabendlicht. Du siehst den Pförtner am Ende des Ganges gegenüber seinem Kabäuschen vor der Ausgangstür stehen. Direkt hinter dem Pförtnerkabäuschen, abgetrennt durch eine Glasfront, befinden sich die Büroräume der Geschäftsleitung. Sie liegen im Dunkeln. Dort, wo kein graues Linoleum, sondern teure Auslegware am Boden liegt, die Wände tapeziert und mit Gemälden in schnörkeligen Rahmen behängt sind, hat man bereits Feierabend. Dein Chef, der Leiter der Abteilung neunundachtzig, geht in der Regel um kurz nach sechs, nachdem der Geldbote die Tageseinnahmen abgeholt hat. Wenn du Frühdienst hast, abends pünktlich abgelöst wirst und beim Umziehen nicht bummelst, kommt dir manchmal der Geldbote im Gang in Richtung Ausgang entgegen. Anders als die Angestellten verlässt er das Gebäude nicht über die Vorderseite. Er benutzt das hintere Treppenhaus, das zum Innenhof führt. Begleitet wird er auf dem Weg zu dem vermutlich im Innenhof wartenden Geldtransporter von deinem Chef. Der elektronische Sicherheitskoffer, den der Geldbote trägt, ist ein schmales, längliches, auf den ersten Blick beinah unscheinbares Behältnis aus Metall mit einem Tragegriff auf der oberen Schmalseite. Geldbote und Koffer sind aneinandergekettet. Der Metallring einer Handschelle umschließt das Handgelenk des Geldboten, ein zweiter Metallring, der mit dem ersten durch eine kurze Kette verbunden ist, hängt am Tragegriff. An der einen Seite des Koffers haftet eine kreisrunde, an einen Eishockeypuck erinnernde, flache, schwarze Scheibe, vermutlich ein Elektromagnet. Ein Spiralkabel, schwarz isoliert, führt von dieser Scheibe zu einer in der Faust deines Chefs verborgenen Vorrichtung, die offensichtlich mittels Sensortechnik dafür sorgt, dass der Akkumulator, der den Elektromagneten mit Strom speist, arbeitet. Ein Elektromagnet besteht aus einer Spule mit einem Kern aus Weicheisen. Sollte der Stromfluss zu dieser Spule in der am Sicherheitskoffer haftenden Scheibe unterbrochen werden, würde augenblicklich das in der Spule erzeugte Magnetfeld zusammenbrechen, die Scheibe fiele zu Boden, und nach gewisser Zeit würde vielleicht roter Farbnebel dem Koffer entweichen: Die rote Farbe würde das Geld unbrauchbar machen.

Ein beinah unscheinbares Behältnis.

Du hast, als du den Geldboten und deinen Chef das erste Mal mit diesem Behältnis zum hinteren Treppenhaus hast verschwinden sehen, im ersten Moment gestaunt. Dich hat überrascht, wie selbsterklärend dieser Vorgang gewesen ist. Dir ist auf Anhieb völlig klar gewesen, was dort gerade passierte, und du hast dich amüsiert. Der routinierte Ernst der beiden Männer, die dir da im Gang entgegengekommen sind, ihr Blick starr, Gesichter ausdruckslos, zwischen sich dies unscheinbare

Behältnis, ist dir beinah grotesk und gleichzeitig, sehr wahrscheinlich in Erinnerung an entsprechende Filmszenen, merkwürdig vertraut vorgekommen, weshalb du dich ein wenig gefühlt hast wie die Figur aus einem Fernsehkrimi: der Zeuge, der etwas sieht, was er besser nicht sehen sollte. Den Eindruck hat dir jedenfalls der Pförtner vermittelt, und der Pförtner hat natürlich auch eine Rolle in dem Drehbuch. Der Pförtner spielt sich selbst. Kurz bevor der Geldbote mit den Tageseinnahmen im Gepäck und deinem Chef im Schlepptau den langen Gang in Richtung hinteres Treppenhaus betritt, verschließt der Pförtner die Ausgangstür. Niemand darf dann das Gebäude durch diese Tür verlassen. Am Abend sieht das ganz anders aus. Der Pförtner steht zwar auch vor der Ausgangstür, aber jetzt wartet er ungeduldig darauf, dass die letzten Angestellten an ihm vorbei ins Treppenhaus verschwunden sind, er abschließen und nach Hause gehen kann.

Der Pförtner spielt sich selbst.

Am Ende des Ganges, noch vor dem Ausgang, biegst du nach rechts ab, steuerst auf die Tür zu, deren weiße Front im oberen Drittel ein kleines silberfarbenes Piktogramm aus Kunststoff ziert: die stilisierte Darstellung einer Mannsperson, kahlköpfig, Hose tragend, strammstehend. Du mögest bitte das Licht dann wieder ausmachen, sagt, dabei fast ein wenig gereizt wirkend, Herr Adrian, der Pförtner, und das Artikulieren dieses Satzes, dieses dir wohlvertrauten Pförtnerkommentars, ist, wie du vermutest, wohl eine Art bedingter Reflex, eine erlernte Reaktion des Adrian'schen Pförtnerorganismus, ausgelöst durch dein Herunterdrücken der Herrentoilettentürklinke. Und du weißt, was Herr Adrian dir damit zu verstehen geben möchte, was er dir eigentlich sagen will, nämlich: Es ist bald Feierabend, und Sie, mein lieber Herr Kassierer, sind spät dran, ich habe das Licht in der Toilette bereits ausgeschaltet, und ich habe keine Lust, es noch einmal auszuschalten, sehen Sie zu, dass Sie fertig werden, beeilen Sie sich, ich will endlich auch nach Hause. Irgendetwas in der Art, glaubst du, das ist das, was Pförtner Adrian dir inhaltlich mitteilen will, wenn er sagt: *Machen Sie das Licht dann bitte wieder aus*. Und Herr Adrian erwartet dann natürlich keine Antwort von dir, und du antwortest auch nicht, stellst aber fest, dass du nickst, während du die Tür zur Herrentoilette öffnest. Das Licht brennt noch. Du trittst ans Waschbecken, wartest, bis die Tür hinter dir ins Schloss gefallen ist. Du riechst an deinen Händen. Du hebst die Handflächen vors Gesicht, ziehst prüfend Luft durch die Nase ein: auch ein bedingter Reflex, registrierst du lächelnd, oder aber etwas einem bedingten Reflex nicht Unähnliches, eine rituelle Angewohnheit, wie auch das darauf folgende, gründliche Händewaschen. Pecunia olet: Geld stinkt. Und wenn Geld nicht stinkt, dann stinken in jedem Fall Kassiererhände.

Pecunia olet.

Gewaschen hast du dir deine Hände zuletzt in deiner Abendbrotpause vor rund zweieinhalb Stunden, und seither sind durch deine Hände wieder um die zweitausend Mark gegangen, eine nicht kleine Anzahl Münzen und Geldscheine. Und Papiergeld beherbergt, wie du weißt, eine ähnliche Fauna wie Türknaufe, Tastaturen oder die Handläufe von Treppengeländern, das heißt, Banknoten sind ein idealer Nährboden für Krankheitserreger: Viren, Bakterien, ganze Staphylokokkenstämme können sich auf jedem einzelnen Geldschein tummeln. Das Ansteckungsrisiko ist gering, heißt es, aber dieser, wie du findest, schwer einzuordnende Geruch, den das Geld auf deinen Händen hinterlassen hat und den du irgendwo zwischen metallisch und Buttersäure ansiedeln würdest, und das Gefühl, als wären deine Handteller bepelzt, basisch und übermäßig schweißig, sind dir unangenehm. Die manuelle Hygiene hat daher bei dir, seitdem du Kassierer bist, beinah zwanghafte Züge angenommen. Ohne sorgfältig die Hände gewaschen zu haben, würdest du das Kaufhaus nie verlassen, und so betrachtest du, während lauwarmes Wasser über deine eingeseiften, sich erst reibenden, dann sich kräftig knetenden Hände läuft, die Farbe des Geldes, wie du es nennst, dieses leicht bräunliche Grau. Das Leitungswasser spült es dir von den Händen, und dieses bräunliche Grau färbt das schaumige, unter deinen Hände leise gluckernd im Abfluss abfließende Leitungswasser in eben seiner Farbe ein: in dieser typischen, geradezu klassischen Schmutzfarbe, der Farbe des Geldes. Drei-, viermal nimmst du dir von Flüssigseife aus dem Spender nach, drehst den Wasserhahn erst ab, als das in den Abfluss fließende Wasser schon längst wieder die gleiche klare und durchsichtige Farbe hat, die es auch hat, wenn es aus dem Hahn tritt. Du trocknest dir die Hände ab, benutzt dazu ein gutes Dutzend Papiertücher, verlässt die Herrentoilette. Du betätigst mit dem Ellbogen des linken Arms den Lichtschalter, drückst mit dem Ellbogen des rechten Arms die Türklinke herunter, schiebst mit Schulter und Oberarm die Tür auf, vernimmst einen kurzen, elektronischen Signalton, als du aus der Herrentoilette schlüpfst. Du trittst zurück auf den Gang.

Eine ähnliche Fauna wie auf Türknäufen.

Herr Adrian fragt nicht, ob du das Licht tatsächlich ausgeschaltet hast. Ihn nimmt gerade eine andere seiner Pförtnerpflichten in Anspruch. Während du vor das Stundenerfassungsgerät auf der gegenüberliegenden Seite des Ganges trittst, ist er, wie du aus den Augenwinkel sehen kannst, damit beschäftigt, die Taschen eines Kollegen aus der Lampenabteilung zu kontrollieren. Herr Adrian hat den Oberkörper vorgebeugt und blickt in eine ihm aufgehaltene Plastiktüte. Nach dem Zufallsprinzip ertönt von Zeit zu Zeit, wenn am Ausgang jemand die Lichtschranke passiert, statt des üblichen, kaum hörbaren Klickgeräusches ein dumpfer, vernehmlicher Signallaut. Das Zeichen für Pförtner und Angestellte, die Tüten-, Rucksack-, Hand- und Tragetaschenkontrolle durchzuführen beziehungsweise über sich ergehen zu lassen. Ein Vorgang, den du nur aus der Beobachtung kennst. Du bist in der Zeit, die du in diesem Kaufhaus arbeitest, noch nicht kontrolliert worden. Zufall. Wobei es sich auch nicht gelohnt hätte, dich zu kontrollieren. Du stiehlst nicht. Du hättest gar nicht die Nerven zu stehlen, aber davon ganz abgesehen, muss man schon ziemlich blöd sein, findest du, wenn man versuchen würde, Gestohlenes in Taschen, von denen man weiß, dass sie kontrolliert werden könnten, am Pförtner vorbei aus dem Haus zu schmuggeln. Blöd, fatalistisch oder dreist, denkst du und schiebst deine Personalkarte in den Schlitz an der Vorderseite des Erfassungsgerätes. *Danke schön ... Daten erfasst.* Du ziehst die Karte wieder aus dem Schlitz des Gerätes heraus, steckst sie zurück ins Portemonnaie. Dein Blick fällt dabei, wie immer, bevor du dein Portemonnaie zuklappst, auf die vier blauen Zahlen vor gelbem Grund, die oben rechts auf deiner Personalkarte zu lesen sind: vier, neun, neun, vier. Die Quersumme deiner Personalnummer ist sechsundzwanzig. Sechsundzwanzig, das ist die Zahl, die deinen Spind schmückt. Zweimal sechsundzwanzig plus eins wiederum ist dreiundfünfzig, und das ist die Nummer der Kasse, an der du arbeitest. Alles Zufall. Genauso wie die Tatsache, dass du, kurz bevor du vor knapp zwölf Monaten in diesem Kaufhaus angefangen hast, gerade dein siebenundzwanzigstes Lebensjahr vollendet hattest, du also sechsundzwanzig plus ein Jahr alt warst, als du deinen ersten Arbeitstag hattest. Zufall, würdest du sagen, aber im Grunde kannst du mit dem Wort Zufall ebenso wenig anfangen wie mit den Worten Schicksal oder Fügung. Es gibt, glaubst du, zum Beispiel keine wirklich gute Erklärung dafür, dass du Kassierer bist. Als Kind, daran meinst du dich jedenfalls zu erinnern, hast du einen Kaufmannsladen gehabt, mit dem du gespielt hast, und vermutlich gehörte zu diesem Kaufmannsladen auch eine kleine Registrierkasse, aber was beweist das schon? Viele Kinder spielen mit einem Kaufmannsladen, aber die allerwenigsten werden später Kassierer werden, und die, die dann doch an einer Kaufhauskasse landen, die werden sich, wie du, kaum Gedanken darüber machen, wieso, weshalb, warum alles gekommen ist, wie es gekommen ist. Du bist Kassierer und erinnerst dich kaum noch daran, wie es gewesen ist, nicht Kassierer zu sein.

Als Kind hattest du einen Kaufmannsladen.

Unten vor dem Kaufhaus empfängt dich sommerliche Wärme. Das Hinablaufen über die Treppen vom dritten Stock ins Erdgeschoss hat deinen Puls nach oben getrieben, dein Herz pocht, pumpt mit kräftigen Stößen das Blut durch deinen Körper, du spürst in Beinen, Armen, Händen und am Hals das Anschlagen der Blutwellen an den Gefäßwänden, spürst, wie du zu schwitzen beginnst. Im Treppenhaus ist es kühl gewesen, in der Fußgängerzone, in der Häuserschlucht zwischen den sechs-, siebenstöckigen Gebäuden scheint die Luft die Hitze des Tages gespeichert zu haben. Im Radio haben sie am Morgen Spitzenwerte von über dreißig Grad im Schatten angekündigt, dazu dreizehn Stunden Sonnenschein. Regenwahrscheinlichkeit null Prozent. Und der Moderator hat seine Hörer aufgefordert, die Freibäder zu stürmen. Das ist vor rund zwölf Stunden gewesen, als du zu Hause beim Frühstück gesessen hast. Nach dem Frühstück, zwei Toast, ein Kamillentee, eine Zigarette, ein O-Saft, hast du geduscht, dich angezogen, hast dann die Wohnung verlassen, bist um kurz vor zehn auf dein Fahrrad gestiegen und gegen halb elf, eine halbe Stunde, bevor dein Spätdienst begonnen hat, in der Innenstadt angekommen. Wenn du Spätdienst hast, eilst du nicht sofort ins Kaufhaus, du sitzt dann morgens noch eine Viertelstunde auf einer der Bänke in der Fußgängerzone, blickst in Richtung Hauptbahnhof, beobachtest die Tauben, die zu deinen Füßen herumstelzen, schaust dir die Menschen an, trinkst einen Drittelliter Cola aus der Dose: Cola light. Das Getränk kaufst du in einem türkischen Supermarkt, während eines Zwischenstopps auf deinem Weg in die Stadt. Im Sommer, hast du den Eindruck, bekommt man nirgends kältere Getränke als eben dort, in diesem Supermarkt. Die Finger haften förmlich an dem eiskalten Aluminium, wenn du eine der Dosen aus den hinteren Reihen des offenen Kühlregals herausholst, und selbst ein paar Minuten später noch, wenn du die koffeinhaltige Limonade dann trinkst, scheint ihre Temperatur noch derart nah am Gefrierpunkt zu sein, dass Lippen, Zunge, Gaumen kurz nach dem Trinken partiell fast ein wenig taub wirken. Nach den ersten zwei, drei Schluck von deiner Cola zündest du dir die zweite Zigarette des Tages an. Die dritte rauchst du in der Kantine, bevor dein Arbeitstag dann wirklich beginnt, bevor du dich dann auf den Weg machst von der Kantine zur Kasse.

Sommerliche Wärme.

Danach zählst du nicht mehr mit. Du weißt nicht, die wievielte Zigarette des Tages es ist, die du dir jetzt, am Abend, unmittelbar nach dem Verlassen des Kaufhauses, anzündest. Du weißt nur, sie schmeckt nicht mehr, und die Schachtel, die du dir gestern, nach Feierabend, gekauft hast, ist fast leer. Jede Zigarette, hast du vor einiger Zeit gelesen, verkürzt das Leben um acht Minuten. Bei etwa zwanzig Zigaretten, die du pro Tag rauchst, bedeutet das, es kommen zu den vierundzwanzig Stunden, die sich dein Leben ohnehin jeden Tag verkürzt, noch einmal knapp drei Stunden dazu. Das heißt, dein Leben verkürzt sich jeden Tag um siebenundzwanzig Stunden, und wenn es sich jeden Tag um siebenundzwanzig Stunden verkürzt, dann verkürzt es sich jeden Monat nicht nur um einen Monat, sondern um einen Monat plus dreidreiviertel Tage, was, auf das Jahr hochgerechnet, in der Summe genau fünfundvierzig Tage macht, die zu den üblichen dreihundertfünfundsechzig dazu addiert werden können. Dein Leben verkürzt sich also jedes Jahr um vierhundertzehn Tage, und das wiederum bedeutet: Etwa alle acht Jahre kostet dich das Rauchen ein ganzes Jahr, und da du tatsächlich seit acht Jahren rauchst, hat sich dein Leben folglich in den letzten acht Jahren nicht nur um acht Jahre verkürzt, sondern um neun. Ein Gedanke, der dir gerade bei den Zigaretten, die du ohne Genuss rauchst, immer mal wieder ins Bewusstsein kommt und der dich, wie du findest, weit weniger deprimiert, als er eigentlich sollte.

Siebenundzwanzig Stunden pro Tag.

Auf dem letzten Stück den Weg die Fußgängerzone hoch zum Fahrradständer begleitet dich das Geräusch von in deinem Rücken auf das Pflaster klackenden Absätzen, ganz unzweifelhaft hohen Absätzen, zu denen, dem dynamischen Rhythmus, den sie produzieren, nach zu urteilen, nichts besser passen würde als, wie du findest, schlanke Fesseln und braun gebrannte Beine, die oberhalb der Knie von einem schlichten, kurzen Rock verdeckt werden. Du könntest dich wie zufällig umdrehen, um die Besitzerin der hochhackigen Schuhe für einen kurzen Moment in Augenschein zu nehmen, oder aber einfach unvermittelt stehen bleiben und die Unbekannte an dir vorübergehen lassen. Du würdest, tippst du, ein Paar zeitlos elegante Pumps, ein Paar schwarze Riemchenpumps, zu sehen bekommen, Absatzhöhe: sechzig Millimeter, mindestens. Du drehst dich aber nicht um, bleibst nicht stehen, jedenfalls nicht, um die Unbekannte an dir vorübergehen zu lassen. Du trittst an den Fahrradständer, an dem du am Morgen dein Rad abgestellt hast, hantierst, während du das Geräusch der Absätze aus den Ohren verlierst, mit gesenktem Kopf an dem Schloss, mit dem Hinterrad und Rahmen an dem Ständer, einem sogenannten Fahrradbügel aus feuerverzinktem Stahl, einer jener im Boden einbetonierten Vorrichtungen, die aussehen wie ein Kopf stehendes, in die Breite gezogenes U, befestigt sind. Du verstaust das Fahrradschloss im Rucksack, schiebst dein Sechsundzwanzig-Zoll-Rad, ein City Cruiser, Rahmenfarbe schwarz, zur Straße, an der die Fußgängerzone endet, wirfst die bis zum Filter heruntergeglühte Kippe in den Rinnstein. Du blickst zur Ampel, auf das obere der zwei rot leuchtenden Ampelmännchen mit den angelegten Armen, lässt nach drei, vier Sekunden den Blick nach links schweifen, blickst auf die Fassade des Hauptbahnhofs. Wenn heute Dienstag wäre oder Donnerstag, würdest du dir drüben im Bahnhof, im Tabak- und Souvenirshop in der Wandelhalle, eine neue Schachtel Zigaretten kaufen, aber heute ist weder gestern noch morgen, heute ist Mittwoch, und Trix, die Aushilfszigarettenverkäuferin, arbeitet mittwochs dort nicht, und wenn Trix dort nicht arbeitet, gibt es für dich keinen Grund, nicht am Automaten oder anderswo den Nachschub an Zigaretten zu organisieren. Außerdem, überlegst du, brauchst du noch Toastbrot, und das wiederum bedeutet, du wirst unterwegs ohnehin einen Tankstellenshop ansteuern müssen, wirst dir bei der Gelegenheit auch gleich neue Zigaretten besorgen. Die Ampel springt auf Grün. Du steigst aufs Rad, überquerst die Straße, biegst rechts ab, umfährst den Hauptbahnhof auf der Südseite, fährst Richtung Osten. Knapp vierzig Minuten brauchst du normalerweise bis zum Stadtrand, mit einem Zwischenstopp wird es länger dauern, vielleicht eine Dreiviertelstunde, aber du hast es nicht eilig. Niemand wartet auf dich, du hast nichts mehr vor.

KUNDE # 1750 – # 2408

DIE EINZIGEN DER SPEZIES SAPIENS

– Zweiundfünfzig Mark neunzehn.

Kollege Bothe von der Rundfunkkasse beim Videospiel-Pausen-Einkauf. Er sagt:

– Zweiundfünfzig Mark neunzehn. So, so.

Er blättert drei Zwanziger auf den Tresen und nickt:

– Immerhin ganze fünf Mark achtzig Angestelltenrabatt. Üppig.

Bothe hebt ironisch anerkennend den Daumen:

– Da hätten wir das Kantinenessen für heute ja schon wieder drin.

Ich gebe ihm sein Wechselgeld. Er zählt es nach, sagt:

– Inklusive Nachtisch und einer Tasse Kaffee.

Ich stemple den Beleg für den Pförtner ab. Bothe meint:

– Das scheint überhaupt ein Spitzentag zu werden.

Er zupft an seiner Krawatte, bläst die Backen auf und deutet ein Schielen an:

– Nur Nervenschänder unterwegs. Junge, Junge.

Bothe zieht ein zusammengefaltetes DIN-A6-Heftchen aus der Hosentasche, seine Mundwinkel schieben sich nach vorn, er sagt:

– Hier, hat mir gleich die erste Kundin vorhin geschenkt: Erbauungsliteratur.

Er schnippt mit Mittel- und Ringfinger gegen das Deckblatt, meint:

– Schöne Broschüre. Sechs informative Seiten, viele bunte Bilder, reißerischer Titel.

Kollege Bothe senkt die Stimme, timbriert pastoral:

– Und, liebe Brüder und Schwestern, dieser Titel lautet: *Wer ist Jesus Christus?*

Er schlägt ein Kreuz, hält das Heft vor die Brust und sagt:

– Liebe Brüder und Schwestern, ich sage euch, Jesus praktizierte, was er lehrte.

Bothe räuspert sich und breitet die Arme wie zum Segen aus:

– Jesus stellte die Interessen anderer den eigenen voran und zeigte stets tätige Liebe.

Bothe lässt die Arme wieder sinken, gibt mir das Heft und faltet die Hände. Er sagt:

– Liebe Brüder und Schwestern, ich denke, Jesus wäre ein prima Kassierer gewesen.

Donnerstag | 5. August 1999

[# 1832]

Eine Kundin um die fünfzig: hager, blass, graublond, langhaarig, bezopft. Ihr schulterfreies, salatbuntes Sommerkleid verrät eine Leidenschaft fürs Batiken. Sie fragt:

– Kann es sein, dass das Haus vibriert?

Eigentlich nur im Weihnachtsgeschäft. Ich schüttle den Kopf:

– Tut mir leid, mir ist nichts aufgefallen.

Sie presst sich die Zeigefingerkuppen in die Augenwinkel, sagt:

– Komisch, ich habe schon seit zehn Minuten das Gefühl, dass das Haus vibriert.

Sie nimmt die Hände wieder aus dem Gesicht, blickt mich an. Ihr Blick hat etwas Panisches. Ich frage:

– Geht es Ihnen denn gut?

Nicht dass sie mir an der Kasse zusammenklappt.

– Ja, ja.

Sie schließt die Augen, horcht wohl kurz in sich hinein.

– Fährt hier eventuell die U-Bahn unter dem Gebäude längs?

Ich zucke mit den Schultern:

– Das entzieht sich meiner Kenntnis.

Sie seufzt. Ich sage:

– Aber denkbar wäre es natürlich.

Ein wenig scheint sie das zu beruhigen. Sie sagt:

– Na, ich bin so selten in der Stadt, vermutlich liegt es daran.

Oder an der kosmischen Strahlung und den Wechseljahren, wer weiß das schon. Ich sage:

– Vielleicht haben Sie ja ein spezielles Sensorium für die Bewegung der Kontinentalplatten.

Sie guckt mich an, als könne ich Atome spalten. Dann dreht sie sich um und geht. Grußlos, und ich frage mich, ob unser Haus tatsächlich vibriert. Natürlich tut sich manchmal der Boden auf, doch das hat andere Gründe.

[Präkortex]

Zehn hoch neun bis zehn hoch zehn, also mehr als eine halbe Trillion Bit: Das ist die Datenmenge, die pro Sekunde auf einen Menschen einströmt. Eine nicht unerhebliche Rolle bei der Bewältigung dieser Informationsflut spielt der Präkortex. Der Präkortex, der vordere Gehirnbereich, ist der Teil des Gehirns, der im Laufe der Evolution am stärksten gewachsen ist. Im Präkortex laufen die höheren geistigen Prozesse ab. Erinnerungen und Erfahrungen werden hier geordnet, hier entsteht der innere Kosmos, hier wird bestimmt, wie man auf die Außenwelt reagiert. Vergleiche zwischen Mensch, Pavian und Nasenaffe zeigen: Je größer der Präkortex, desto höher die soziale Intelligenz. Während Nasenaffen, die einen vergleichsweise kleinen Präkortex besitzen, sich zu Sozialverbänden von nicht mehr als vierzehn Individuen zusammenschließen, beläuft sich die Gruppenstärke der Paviane bereits auf über fünfzig Artgenossen, und der Mensch liebt es bekanntlich noch geselliger. Allerdings: Der Präkortex hat sich seit der Steinzeit, der zeitlich längsten Periode der menschlichen Entwicklungsgeschichte, praktisch nicht mehr verändert. In der Steinzeit hat der Mensch, wie heute etwa noch die arktischen Inuit, die Gebusis Neuguineas oder die australischen Aborigines, in Gruppen von um die einhundertfünfzig Individuen gelebt. Einhundertfünfzig. Dort liegt also die kognitive Schranke, die Grenze der sozialen Intelligenz. Dem steinzeitlich ausgerüsteten Kassiererpräkortex gelingt folglich etwas geradezu Sensationelles: Es ist ihm möglich, mit einer offensichtlich widernatürlichen Zahl von Menschen zu interagieren. Sogar relativ problemlos. Und das gelingt vermutlich nur deshalb, weil es gelingt, diese Menschen eben nicht als Menschen, sondern ausschließlich als Kunden zu begreifen. Alles andere wäre auch fatal. Ein übersteigertes Interesse für die Außenwelt, symptomatisch bei Schizophrenie zum Beispiel, würde im Wahnsinn münden. Mit anderen Worten: Ohne eine gewisse Form von Gleichgültigkeit, ohne intakten Präkortex, wäre ein Kassierer aufgeschmissen.

[#####]

– Ich habe studiert. Ja.

Ein Parka tragender, rotgesichtiger, bärtiger Zausel.

– Jura. Ja. Bekloppt bin ich nicht.

Er stellt seine Bierdose auf dem Tresen ab.

– Dosenbier. Tolle Erfindung. Ja. Kam 1935 das erste Mal auf den Markt.

Der Zausel rülpst, zaubert einen vor Dreck starrenden Stofffetzen aus der Hosentasche, schnäuzt lautstark in diesen Lappen, sagt:

– 1935. Ja. Wissen Sie, es gab Zeiten, da hat man versucht, alle Bekloppten auszurotten.

Er zwinkert mir zu, faltet die Hände, biegt die Hände, während er spricht. Er sagt:

– Das hat nicht geklappt damals. Aus gutem Grund: Die fingen an der falschen Stelle an.

Er beugt sich unangenehm nah zu mir herüber. Bakterieller Atem schlägt mir ins Gesicht. Er meint:

– Ehrlich, Bekloppte ausrotten, das heißt immer: alle oder keinen. Ja. Aber eigentlich nur: alle.

Der Zausel grinst. Dann wechselt er unvermittelt das Thema:

– Wahlrecht.

Er hebt den Zeigefinger.

– Wissen Sie, wem man das Wahlrecht entziehen darf? Ja. Nur verurteilten Spionen, Verrätern, Wahlmanipulierern, einsitzenden Fanatikern und weggeschlossenen Klapskallis. Wirklich wahr. Lesen Sie's nach. Die Paragraphen zweiundneunzig a, hunderteins, hundertzwei Absatz zwei, hundertacht c und hundertneun i, Strafgesetzbuch.

Das bringt ihn richtig in Rage. Er tobt:

– Ein Skandal. Ja. Kein Wunder, wenn dieser Staat zugrunde geht. Viel zu lasche Gesetze. Ich kann nur sagen: Dem ganzen Pöbel müsste man das Wahlrecht entziehen. Bumm. Ficken, fressen, fernsehen. Mehr wollen die doch nicht. Ja. Weg mit dem Wahlrecht.

Er macht eine kurze Pause, nimmt seine Bierdose vom Tresen und schüttelt den Kopf:

– Ich meine, wählen dürfen alle, aber zweimal durchs Staatsexamen rasseln, das darf man nicht.

[Taxonomie]

Der Mensch gehört aus biologischer Sicht zum Tierreich. Das macht ihn zum Forschungsgegenstand des Zoologen, und der Zoologe kennt sich aus mit den Kreaturen, mit denen er es zu tun hat. Er bedient sich der wissenschaftlichen Methode der Taxonomie, ordnet Lebewesen in biologische Systeme ein und weiß dann Bescheid. Beispiel Mensch. Taxonomisch betrachtet gehört das Tier Mensch zum Unterreich der Vielzeller, zur Ordnung der Chordata, zur Unterordnung Wirbeltiere, zur Klasse der Säugetiere, zur Unterklasse der Plazentatiere und zur Infraklasse der Eutheria. Was so viel bedeutet wie: Der Mensch ist ein höheres Säugetier, besitzt ein Rückenmark, legt keine Eier, trägt seine Jungen nicht im Beutel aus und bringt für einen Lebendgebärer recht weit entwickelten Nachwuchs zur Welt. Der Mensch gehört außerdem zur Ordnung der Primaten, zur Unterordnung der Menschenaffen und zur Überfamilie der Hominoidea. Das heißt, wäre der Mensch ein Affe, wäre er ein schwanzloser Affe. Ist er aber nicht, und deshalb gehört er obendrein noch zur Familie der Hominiden. Hominiden gehen auf zwei Beinen und haben ein großes Gehirn. Das engt die Sache allmählich ein, denn bis auf die heute lebenden Menschen sind die Hominiden komplett ausgestorben. Der Homo erectus, der Cro-Magnon-Mensch, der Neandertaler, Lucy, alle. Mit anderen Worten: Die heute lebenden Menschen sind tatsächlich die letzten der Gattung Homo und die einzigen der Spezies sapiens. Womit dann aber auch leider die Taxonomie mit ihrem Latein am Ende wäre. Homo sapiens. Schluss. Aus. Fertig. Der Zoologe lehnt sich entspannt zurück.

[#####]

– Ich bin Ihrem Laden treu.

Eine hochaufgeschossene, magere Mittvierzigerin in Rüschenbluse und zitronengelbem Kostümchen. Ihr Gesicht erinnert stark an das von Nagetieren: Zwei wuchtige Schneidezähne liegen auf einer weit vorspringenden Unterlippe auf. Sie sagt:

– Den Combisauger Fakir 1107 musste ich leider zurückgeben.

Sie reckt ihren dürren, den Blusenkragen nicht ausfüllenden Hals und meint:

– Die Zwei-Flor-Feineinstellung hat nicht funktioniert.

Ich nicke verständnisvoll. Sie kichert:

– Aber ich habe mir das Geld nicht auszahlen lassen. Nein, nein.

Demonstrativ schiebt sie ihren Einkaufsroller hin und her. Sie sagt:

– Ich habe den Staubsauger gegen diesen erstklassigen Andersen Royal Shopper eingetauscht.

Sie summt etwas Fanfarenartiges:

– Tat-ta-ta-taa.

Ich sage:

– Hübsch.

Die Kundin errötet:

– Nicht wahr. Mir gefällt vor allem dieses klassische Stoffmuster.

Ich attestiere einen ausgezeichneten Geschmack. Sie sagt:

– Außerdem hat der Shopper eine Reißverschluss-Innentasche und ein Schirmfach.

Sie zeigt mir alles ganz genau:

– Ja, hier, sehen Sie nur, sehen Sie nur.

Ich sage:

– Toller Roller.

Die Kundin lächelt. Dann sagt sie wieder:

– Ich bin Ihrem Laden treu.

[Donnerstag]

Der Donnerstag kommt einem immer so vor wie der Tag der Gestörten und Kaputten, wie der Tag der Seligen, Dummtröpfe, Paradebilen, Teilverwirrten, der Halbidioten, wie der Tag der Narren, Tölpel, Simpel und Toren, wie der Tag der Trottel, Volldeppen und Komplettdefekten. Aber donnerstags laufen nicht mehr Verrückte durch die Kaufhäuser als sonst. Dass man gut vierundzwanzig Arbeitsstunden und rund zweitausend Kunden nach Wochenstart trotzdem den Eindruck hat, es sind nicht Krethi und Plethi, sondern Krethi, Plethi und Yeti unterwegs, ist nicht verwunderlich: Reizüberflutung. Was dazu führt, dass einem am vierten Werktag, dem Niemandsland der Woche, selbst alltäglichste Alltäglichkeiten seltsam fremd, geradezu surreal erscheinen. Oder besser gesagt: real wie nie. Modische Exzesse, Fettleibigkeit, Magersuchtserscheinungen, Ei-, Wurst-, Salat-, Brot- und Käsereste in Voll-, Schnauz-, Spaten- und Ziegenbärten. Herpes, blutige Verbände, eiternde, offene Wunden, defizitäre Zahnreihen, Mundgeruch, feuchte Aussprache, Kröpfe, Halskrausen. Pullover, Hemden und T-Shirts mit Transpirationsrückständen, Hosen, Shorts, Röcke und Beinkleider mit Urinrändern und gelegentlich sogar mit Menstruationsflecken. Donnerstags hat man einen Blick für Details, einen ganz anderen Zugang zur Wirklichkeit. Man erlebt diesen Tag in einem entrückten Zustand überspannter Aufmerksamkeit und erhöhter Sensibilität. Man erlebt Ohrpuler, Sackkratzer, Sabberer, Furzer und Schleimwürger. Erlebt aus nächster Nähe Kunden, die nach Zwiebeln, Knoblauch, Schweiß oder kaltem Zigarettenqualm stinken. Menschen mit Hasenscharte, Menschen mit von Krebs zerfressenen Gesichtern, Kunden, die an Leontiasis, Elefantitis oder anderen ähnlich schweren Verunstaltungen des Kopfes leiden. Man sieht Einäugige, Liliputaner, Kunden mit Furunkeln oder hühnereigroßen Beulen an Nase, Mund oder Stirn, sieht Gelbsüchtige, Aidskranke und Spastiker, sieht Kinder mit Schuppenflechte, Teenager, denen Akne ein völlig neues Gesicht gegeben hat, Erwachsene, die Zahnspangen tragen, finstere Gestalten mit Handprothesen à la Captain Hook, schnurrbärtige Frauen und Männer mit aufgeschnalltem Fahrradhelm. Man sieht, was man jeden Tag zu sehen bekommt, und das macht den Donnerstag zum Erlebnis.

[# 2001]

– Siebenundfünfzigachtundneunzig.

Ende dreißig: lavendelfarbenes Freizeithemd, helle Segeltuchhose, teuer wirkender Haarschnitt, perfekt gestutzte Koteletten, gezupfte Augenbrauen, hotelpoolblaue Kontaktlinsen. Der Kunde fragt:

– Ekeln Sie sich eigentlich nicht manchmal?

Seine Stimme ist wie der Duft seines Aftershaves, aufdringlich, androgyn. Er meint:

– Dieses ganze Geld. Wenn man mal überlegt, wer das schon alles angefasst hat. Puh.

Er gibt mir eine praktisch kratzerlose, fleckfreie Kreditkarte. Er sagt:

– Das muss doch zum Teil wirklich furchtbar widerlich sein.

Ich setze die elektronische Zahlung in Gang und sage:

– Im Grunde sind die Hände meist viel unappetitlicher als das Geld.

Er verzieht theatralisch das Gesicht, stößt einen Seufzer aus und meint mitleidig:

– Oh ja, das kann ich mir vorstellen: Schmutz, Schwielen, rissige oder abgekaute Fingernägel.

Ich lege ihm den Transaktionsbeleg zur Unterschrift vor. Er sagt:

– Oder Warzen. Nässende Blasen. Chronische Dermatitis.

Er gönnt sich und mir eine Redepause, scheint nachzudenken. Ich halte ihm einen abgegriffenen Plastikkugelschreiber hin, sage:

– Nagelbettentzündungen und Nagelpilz haben Sie vergessen.

[Wahrnehmung]

Das Auge ist ein Lichtsinnesorgan, in dem, rein biologisch gesprochen, die Außenwelt abgebildet wird. Sehen bedeutet, sich mittels Licht in der Umwelt zu orientieren. Lichtwellen im Wellenlängenbereich von dreihundertachtzig bis siebenhundertachtzig Nanometer dringen dabei durch eine zwei bis maximal acht Millimeter große Öffnung in der Regenbogenhaut; ein Durchmesser wie der von Streichholzstielen oder Stecknadelköpfen. In der Schule lernt man, dass das durch die Pupille einfallende Licht im Augeninneren von den Stäbchen und Zapfen der Netzhaut in elektrische Impulse umgewandelt wird, in Impulse, die von Nervenzellen aufbereitet und vom Sehnerv zum Gehirn weitergeleitet werden. Wie die Verarbeitung von Sinnesreizen im Gehirn abläuft, darüber gibt es allerdings keine schlüssige Theorie. Fest steht, dass der eindrückliche Erfolg menschlicher Wahrnehmung auf sogenannten Konstanzleistungen beruht, dank derer der Mensch, obwohl er es ständig mit variablen Sinnesreizen zu tun hat, nur höchst selten den Überblick verliert. Man erkennt einen Apfel als Apfel, ganz gleich ob er nun frisch gepflückt, eingeschweißt, gemalt, fotografiert, grün, gelb, rot, geschält, geschnitten, glaciert oder mit Schokolade überzogen ist. Man erkennt ihn aus unterschiedlichen Blickwinkeln und Entfernungen. Kennt man einen Apfel, erkennt man in der Regel jeden Apfel. Genau wie man ohne Probleme jeden Artgenossen als solchen identifizieren wird. Und dazu muss man ihm weder zuvor persönlich begegnet sein, noch muss man lang nachdenken. Konstanzleistungen werden unbewusst vollbracht. Das Bewusstsein hat andere Aufgaben, komplexere, anspruchsvollere, interessantere. Und während also die Konstanzleistungen das Leben leichter, vielleicht erst möglich machen, macht einem das Bewusstsein das Leben zwar nicht unmöglich, aber zuweilen doch wenigstens mühsam, strapaziös und schwer.

[# 2112]

Ein Stammkunde. Sonnengegerbte Haut, unbestimmbares Alter. Er trägt, trotz der Jahreszeit, die rote Daunenweste, die er immer trägt. Er sagt:

– Einen guten Tag wünsche ich.

Seine Stimme klingt mechanisch, monoton, als würde sie von einem Computer generiert. Seine Zähne gehen beim Reden nicht einen Millimeter auseinander. Er sagt:

– Die Filme früher gefielen mir besser, viel besser, auch wegen der Schauspieler.

Er hält mir eine Videokassette hin: *Verdammt in alle Ewigkeit.*

– Sagen Sie, wer ist das da vorne drauf?

Er deutet auf das Cover. Ich sage:

– Burt Lancaster.

Aber das interessiert ihn nicht groß. Er reibt sich fahrig über die Augen, sagt:

– Ich gehe heute nur noch sehr unregelmäßig ins Kino. Dann schaut er auf die Uhr und fragt:

– Wie geht's von hier eigentlich zum Hafenkrankenhaus?

Eine Frage, die er jedes Mal stellt. Ich sage:

– Mit dem Bus.

Meine Standardantwort, seit ich weiß, dass es egal ist, was ich sage. Er kratzt sich am Kinn, zupft sich am Ohr. Auf seinem Gesicht spiegelt sich eine psychomotorische Verwirrung. Er meint:

– Ich muss da ganz dringend hin.

Was seltsam ist, weil es das Hafenkrankenhaus schon seit Jahren nicht mehr gibt. Ich sage:

– Nehmen Sie den Bus, das dürfte am schnellsten gehen.

Und ohne weitere Frage, ohne Eile zahlt er dann seinen Videofilm.

[Homo sapiens]

Seit drei Milliarden Jahren existiert Leben auf dem Planeten Erde, und der Mensch, dessen Entwicklung vor gut zweieinhalb Millionen Jahren ihren Anfang genommen hat, ist nichts weiter als eine Art Freak der Evolution, der sich während des größten Teils seiner Geschichte recht verhaltensunauffällig aufgeführt hat. Das gilt für die frühsten Vertreter der Gattung Homo, den Homo habilis und den Homo erectus, genauso wie für fast sämtliche ihrer Nachfolgemodelle. Auch als der archaische Homo sapiens vor rund vierhunderttausend Jahren die Bühne betritt, ändert sich zunächst wenig, wie alle anderen zweifüßig und aufrecht gehenden, intelligenten Primaten vor ihm fristet dieser jüngste Ahn des modernen Menschen ein bescheidenes, nomadisches Dasein in verstreuten Grüppchen, überschaubaren Klans und mobilen Stämmen. Dreihundertsechzigtausend Jahre lang streift er als primitiver Jäger, Sammler, Aasfresser und Faustkeilhersteller durch Afrika, später auch durch die warmen Gegenden Europas und Asiens. Vor vierzigtausend Jahren beginnt er dann plötzlich, Höhlenwände zu bemalen, Schmuck zu kreieren und mit Spezialwerkzeug herumzuwerkeln. Die Population wächst. Der Homo sapiens wird Kosmopolit, seine sozialen Strukturen nehmen deutlich an Komplexität zu. Er rottet sich in größeren Horden zusammen, entwickelt fortan ein sich stetig steigerndes Bedürfnis nach Sesshaftigkeit, Innovation, Komfort. Vor zwölftausend Jahren werden erste Siedlungen gegründet, kurz drauf schon Städte. Zehn Millionen Menschen bevölkern zu jenem Zeitpunkt die Erde, heute sind es über sechs Milliarden, von denen jeder zweite in einem Ballungszentrum lebt. Nachdem man die Startschwierigkeiten überwunden hat, verläuft der Weg von der zugigen Mammutknochenhütte zur Etagenwohnung mit Einbauküche also erstaunlich reibungslos, und es spricht einiges dafür, dass die Letzten der Gattung Homo und die Einzigen der Spezies sapiens ihr Potenzial noch lange nicht ausgeschöpft haben.

[#####]

Das basaltgraue Euroset 805 S Tischtelefon klingelt. Einmal, zweimal. Ich nehme den Hörer ab, sage:

– Ja, Kasse dreiundfünfzig.

Es werden mir zwei wohlvertraute, kurze Silben ins Ohr gehustet:

– Stochan.

Der Leiter der Abteilung neunundachtzig, mein Chef. Ich sehe ihn vor mir, mit seinem Dackelblick und dem wie angeklebt wirkenden Schnurrbart, der das Jungenhafte seines Gesichts kaschieren soll, wie ich annehme. Charmant wie immer fragt er:

– Machen Sie morgen Spätdienst?

Ich schaue auf den Kalender, der neben dem Telefon vor der Scheibe der Kassenbox hängt, ein Fotokalender mit Aufnahmen von Berglandschaften, sehe drei Zinnen im Licht eines Sonnenuntergangs liegen, sage:

– Ist das eine Frage?

Ich höre meinen Chef an einer Zigarette ziehen. Er meint:

– Eigentlich nicht.

Ich kritzle einen Smiley auf den Notizblock, der immer neben der Kasse liegt, wenn ich arbeite, sage:

– Eigentlich habe ich morgen frei.

Das weiß mein Chef. Er lacht ein fast stummes Lachen, meint:

– Ich habe Sie schon eingetragen.

Ich male einen weiteren Smiley, sage:

– Und wenn ich etwas vorhabe?

Stochan stöhnt und ächzt. Dann raunzt er:

– Machen Sie mich nicht schwach.

Und da das Gespräch nach dem üblichen Muster, der typischen Drei-Phasen-Strategie meines Chefs: bestimmen, meckern, jammern, abläuft, winselt er jetzt:

– Mensch, die halbe Mannschaft ist im Urlaub.

Ein ganz wunderbares Stichwort:

– Apropos Urlaub.

Ich beiße mir auf die Innenseiten der Wangen, um ein Lachen zu unterdrücken. Mein Chef sagt:

– Ja, ich weiß, klären wir nächste Woche. Was ist nun mit morgen?

Ich male einen dritten Smiley, sage:

– Aber fallen Sie mir bitte nicht vor Dankbarkeit um den Hals.

Feierabend | losfahren

Der Kassierer schlendert ein Stück die Fußgängerzone hoch, kneift die Augenlider zusammen. Nach dem Verlassen des Kaufhauses braucht es immer einige Momente, bis seine Augen sich an das Tageslicht, in diesem Fall ein halbgrelles Sommerabendlicht, gewöhnt haben. Bei ausreichender Helligkeit, weiß der Kassierer, sorgt Tageslicht dafür, dass die körpereigene Wirkstoffproduktion angeregt wird. Es wird dann zum Beispiel Serotonin produziert, jenes Drüsensekret, das in Illustriertenartikeln meist unter den Spitznamen *Gute-Laune-Hormon* oder *Hurra-Hormon* firmiert. Tatsächlich kommt Serotonin im komplexen Spiel der biochemisch-physiologischen Abläufe die nicht unwichtige Aufgabe zu, das Tempo der Impulsübertragungen von einer Nervenzelle zur anderen zu regeln, und wer unter Serotoninmangel leidet, fühlt sich schlapp, antriebslos und dümpelt gedanken- und weltverloren vor sich hin, so weltverloren wie etwa verliebte Menschen, die angeblich besonders häufig von einer Gute-Laune-Hormon-Unterversorgung betroffen sein sollen. Und demnach wären Kaufhausangestellte, speziell Kassierer, prädestiniert dazu, chronisch an Serotoninmangel zu leiden. Ein Kassierer verliebt sich, gerade im Sommer, immerhin mehrmals täglich: An einer Kaufhauskasse tauchen im Laufe eines Tages ja nicht nur abstoßende oder eher wenig anziehend wirkende Zeitgenossen auf, immer mal wieder verirren sich auch ausgesprochen attraktive und anmutige Geschöpfe an den Kassentresen. Diese Sekundenverliebtheiten trüben die Laune des Kassierers aber im Allgemeinen wenig, und auch das ausschließlich künstliche Licht an seinem Arbeitsplatz belastet ihn für gewöhnlich nicht ernstlich, jedenfalls kann er nicht feststellen, dass das Tageslicht, das ihn nach Feierabend in der Fußgängerzone empfängt, seine Stimmung spürbar hebt. Was seiner Meinung nach nicht weiter schlimm ist: Er fühlt sich, soweit er das beurteilen kann, durchaus ausreichend mit Serotonin versorgt. Ein Gefühl, das ihn allerdings nicht davon abhält, sich, wie jeden Abend nach dem Verlassen des Kaufhauses, erst einmal einen Gemütsaufheller zu gönnen.

Ein halbgrelles Sommerabendlicht.

Der Kassierer tritt unter das Vordach, das den zurückgesetzten Eingangsbereich des Kaufhauses beschirmt, zündet sich eine Zigarette an, raucht, inhaliert tief. Sein Blick schweift an den Gebäuden vis-à-vis hinab, von den steinernen Fassaden der oberen Stockwerke hinunter zu den Schaufenstern. Die Verkaufsräume der Geschäfte gegenüber liegen im Dunkeln; hinter, zum Teil auch vor den Glastüren sind die Schutzgitter heruntergelassen, die Scherengitter zugeschoben. Der Kassierer blickt auf die digitale Temperaturanzeige der Apotheke. Es ist ein wenig kühler als am Vortag, der aktuelle Temperaturwert liegt aber noch immer deutlich über zwanzig Grad, schwankt, laut Anzeige, zwischen vier- und fünfundzwanzig Grad. Am Morgen hat es leicht geregnet, die Luft ist drückend, schwül. Während der Kassierer seine Zigarette raucht, sieht er im Strom der Passanten auch ein paar seiner Kolleginnen und Kollegen die Fußgängerzone hoch in Richtung Hauptbahnhof gehen. Die meisten passieren ihn grußlos, sehen ihn nicht, scheinen ihn nicht zu sehen oder tun so, als hätte er eine Tarnkappe auf, als würden sie ihn nicht sehen. Einige tragen noch ihr hellblau-weiß gestreiftes Firmenhemd, Herr Hänsch zum Beispiel, einer der Verkäufer der Hi-Fi-Abteilung, ein untersetzter Mann um die vierzig mit glattrasiertem Gesicht und an den Schläfen angegrautem Haar, eine insgesamt eher unauffällige Erscheinung. Der Kassierer fragt sich, ob Herr Hänsch sich seines durchschnittlichen Äußeren bewusst ist, ob Herr Hänsch es vielleicht sogar schätzt, nicht auf den ersten bis dritten Blick aufzufallen. Möglicherweise, überlegt der Kassierer, ist Herr Hänsch gern einer von vielen, ist womöglich nur deshalb Verkäufer. Vielleicht weiß Herr Hänsch ja, dass er als Verkäufer einer von zwei Komma acht Millionen Menschen ist, die in den rund fünfhunderttausend Einzelhandelsgeschäften dieses Landes arbeiten, vielleicht beruhigt ihn dieses Wissen. Aber vermutlich weiß Herr Hänsch es nicht, tippt der Kassierer und heftet sich dem Kollegen an die Fersen.

Einer von zwei Komma acht Millionen.

Einen Augenblick lang hat der Kassierer den, wie er selbst findet, absurden Gedanken, dem Verkäufer bis nach Hause zu folgen. Auch Herr Hänsch ist, ohne ihn gegrüßt zu haben, am Kassierer vorübergegangen, gesenkten Kopfes, mit raumgreifenden Schritten. Im Nu hat er einige Meter Vorsprung auf den Kassierer herausgelaufen, und der Kassierer hat Mühe, im dichten Gedränge der Fußgängerzone den blassblau-weiß gestreiften Rücken des Hänschen Firmenhemdes nicht aus den Augen zu verlieren. Hänsch ist gut zu Fuß, schlängelt sich geschickt durch die Menge, die etwa in Höhe des Schuhgeschäfts, kurz vor den Fahrradständern, noch dichter wird. Ein paar Neugierige stehen in einer Art Halbkreis um einen Mann herum, der einen Cowboyhut trägt, in der rechten Hand ein Buch hält und mit der anderen Hand wild gestikuliert. Zackig marschiert er dabei auf und ab, brüllt mit heiserer, sich beinah überschlagender Stimme im Tonfall eines Predigers den Umstehenden einen Sermon aus, wie es klingt, Weltanklage und religiösen Heilsversprechungen entgegen. Jeder zweite Satz beginnt mit dem Wort *Jesus*, schätzungsweise jedes fünfte Wort ist ein alles andere als heiter oder freudig zu nennendes *Halleluja*, und bei jedem dieser Hallelujas tritt die knotige Halsschlagader des religiösen Eiferers deutlich hervor. Ein paar Halbwüchsige, die sich das Spektakel anschauen, kichern, tuscheln, und einer von ihnen, der längste und pickligste der Gruppe, vermutlich das Alphatierchen, antwortet auf einen dieser kehligen Halleluja-lobet-den-Herrn-Ausbrüche ebenfalls mit einem gellenden *Halleluja*. Großes Hallo und Gelächter unter den Mitgliedern seiner Peergroup. Eine in der Nähe stehende ältere Dame schüttelt den Kopf. Hänsch scheint das alles herzlich wenig zu interessieren. Er verlangsamt beim Umkurven der Schaulustigen weder seinen Schritt, noch wendet er seinen Kopf zur Seite. Er kennt das schon, mutmaßt der Kassierer, der Cowboyhut tragende Bibelschwinger und Gotteswortsendbote hält schließlich fast jeden Abend einen seiner Freiluftgottesdienste in der Fußgängerzone ab. Außerdem hat es Hänsch offensichtlich eilig. Sein ohnehin schon flotter Gehstil entwickelt sich kurz vor der Straße zu einer Art leichtem Jogger-Trab. Der Kassierer, der inzwischen fast zu seinem Kollegen aufgeschlossen hat, jetzt dicht hinter ihm ist, registriert, dass Hänsch stark transpiriert, feuchtdunkle Schwitzflecken zeichnen sich auf dem Rücken des Verkäuferhemdes ab, das Textil klebt an den entsprechenden Stellen auf der Haut. Es ist wohl nicht allein die Hitze, die ihm zu schaffen macht. Hänsch scheint mittlerweile ernsthaft in Zeitnot zu sein. Er hebt, seinen Trab dabei nur geringfügig drosselnd, den linken Unterarm etwa in Kinnhöhe vors Gesicht, blickt auf seine Armbanduhr: zunächst kurz und dann, hektischer, gleich noch einmal. Etwa zwei Minuten später kennt der Kassierer auch den Grund für dieses Gebaren. An Gleis sechs des Hauptbahnhofes besteigt Hänsch eine der stündlich gen Norden abfahrenden Regionalbahnen, und kurz darauf ertönt auch schon der Pfiff, der die Abfahrtsbereitschaft des Zuges signalisiert. Die Türen schließen, genau wie es eine espritlose und verzerrt klingende weibliche Stimme per Lautsprecherdurchsage zuvor versprochen hatte, selbsttätig. Durch die Waggons geht ein Ruck, der Zug rollt aus dem Bahnhof. Beinah wehmütig schaut der Kassierer den kleiner werdenden und hinter einer Kurve aus seinem Blickfeld verschwindenden Rücklichtern hinterher. Hätte der Verkäufer nicht einen Nahverkehrszug, sondern zum Beispiel eine U-Bahn bestiegen, wäre der Kassierer ihm sicherlich noch eine Weile gefolgt. Vielleicht hätte er den Kollegen, wenn dieser seinen Zug verpasst hätte, sogar angesprochen: Hey, Hänschi, wie sieht's aus, gehen wir ein Pils trinken? Und wenn Herr Hänsch dann ein wenig dumm aus der Wäsche geschaut hätte, hätte der Kassierer zum Verkäufer sagen können: Im Bier sind gespaltener Zucker und gespaltenes Kohlendioxid, das hilft, das ist gut für den Kopf.

Halleluja.

Zwei, drei, womöglich auch vier ähnlich bizarre Gedanken lang denkt der Kassierer, während er sich dabei ohne Hast auf den Rückweg macht und an der Bahnsteigkante entlangspaziert, noch über den Kollegen nach, fragt sich einigermaßen ideen-, beinah ergebnislos, was den Verkäufer wohl dort, wo er ankommen wird, erwarten mag. Eine Wohnung oder vielleicht ein Haus, eine Ehefrau, eine Familie, ein Haustier, ein Hobby. Oder doch nur ein Fernseher, vor den sich Herr Hänsch sesseln wird, allein, zappend, bis der Schlaf ihn übermannt. Der Kassierer hat es vor sich, dieses Bild: Hänsch mit der Fernbedienung in der Hand, der Kopf ist auf die Brust gesunken und leicht zur Seite geneigt, die Augen sind geschlossen, und aus dem Mund, der leicht geöffnet ist, hängt ein dünner Speichelfaden heraus. Dieses Bild friert ein, verschwindet langsam, und die Bahnhofswirklichkeit tritt wieder an die Stelle dieser idyllischen Vorstellung. Unfug, denkt der Kassierer, schmunzelt, mehr innerlich als sichtbar, wischt sich mit der Hand einmal übers Gesicht, betritt die Rolltreppe, fährt mit ihr vom Bahnsteig zurück nach oben auf die Ebene mit den Ladengeschäften und hat Herrn Hänsch vergessen. Dafür hat sich die Textzeile eines Popsongs, ohne dass der Kassierer sich erklären könnte, wieso weshalb warum, aus der Erinnerung an die Oberfläche seines Bewusstseins gearbeitet: *And his thoughts were full of strangers*, lautet das lyrische Fragment, setzt sich fest, wiederholt sich in einem fort, begleitet ihn noch, *and his thoughts were full of strangers*, als er bereits die zugige, lichtarme Wandelhalle des Bahnhofs durchquert. Tauben fliegen hier über die Köpfe der Passanten hinweg, eins der Tiere flattert etwa zwei Handbreit am rechten Ohr des Kassierers vorbei. Er spürt den Luftzug, hört den Flügelschlag, duckt sich unwillkürlich, und im gleichen Moment sind die sieben Worte, die eben noch seinen Geist penetriert haben, dann ebenso plötzlich, wie sie aufgetaucht waren, wieder verschwunden, ins Vergessen abgesunken, irgendwo in den Hirnwindungen verschollen.

Bizarre Gedanken.

Der Kassierer hat jetzt den Eingang des kleinen Tabak- und Souvenirshops am Westausgang des Bahnhofs fest im Blick. Es sind nur noch wenige Schritte. Vor der offen stehenden Glastür des Shops, neben einem Rollständer mit Ansichtskarten, haben ein Mann und eine Frau, vermutlich Touristen, die Köpfe zusammengesteckt: Sie studieren die bunten Seiten eines Faltplans. Der Kassierer schiebt sich an ihnen und ihrem den Eingang zur Hälfte blockierenden Gepäck, zwei kniehohen Koffern und einer stattlichen Reisetasche, vorbei ins Ladeninnere. Hell ist es hier. Hell und bunt. An der Wand gegenüber dem Eingang hängen von mehreren, lichtintensiven Deckenstrahlern beleuchtete, mit maritimen Motiven verzierte Andenkenteller, daneben Miniaturrettungsringe, Buddelschiffe und diverse andere Schiffsmodelle, Dreimaster mit gehissten Segeln. Zwei Drehvitrinen stehen mitten im Raum, eine ist mit Armbanduhren bestückt, eine mit Nippes und Plüschtieren. Der Kassierer tritt an den Tresen. Rechts von ihm, neben einem Humidor, füllt ein Kunde, ein langhaariger, schlaksiger Kerl mit Trainingsanzug, einen Lottoschein aus. Er wird ihn, wenn er mit dem Ankreuzen der Zahlenkästchen fertig ist, bei der für diese Tresenseite zuständigen Verkäuferin, einer schätzungsweise fünfzigjährigen, ein wenig bissig dreinschauenden Dame mit Dauerwelle und Bifokalbrille, abgeben. Der Kassierer hingegen wird auf der linken Seite von Trix bedient werden.

Trix.

Mitte zwanzig wird sie sein, schätzt der Kassierer, und ihr richtiger Name lautet wahrscheinlich Beatrice. *Trixi*, so hat der Kassierer die Dame mit der Bifokalbrille sie einmal rufen hören. *Trixi, machst du hier mal eben schnell weiter*, hat sie gesagt, ist dann, bewaffnet mit einem Schlüsselbund, einem Kunden gefolgt, der sich für eine der in der Drehvitrine ausgestellten Armbanduhren interessiert hat, und Trix, die gerade damit beschäftigt gewesen ist, Zigarettenstangen aus Kartons auszupacken, hat darauf weder etwas geantwortet, noch zunächst sonst wie reagiert. In aller Ruhe hat sie den Karton, mit dem sie gerade beschäftigt gewesen ist, zu Ende ausgepackt, hat ihn hinterher sogar noch unter Zuhilfenahme eines Schneidewerkzeugs zerlegt, sich schließlich eine Strähne ihres fuchsblonden Haares aus der Stirn gepustet, und erst dann hat sie sich der wartenden Kunden angenommen, ist an die Kasse gekommen und hat kassiert. Wie stets mit einem Blick und einer Haltung, die, so empfindet es der Kassierer, schwer einzuordnen sind, aber seiner Meinung nach irgendwo zwischen Teilnahmslosigkeit, würdevoller Arroganz und kaum verhohlener Verachtung für ihr Gegenüber changieren, ganz unabhängig von der Person. In den Augen des Kassierers ein majestätisches Schauspiel. Und da nach Auffassung des Kassierers Schönheit in erster Linie keine Frage der Proportionen, sondern der Haltung ist, wäre schon allein diese Art, wie Trix ihren Kunden begegnet, für den Kassierer ein ästhetischer Genuss ersten Ranges und somit für ihn Grund genug, seine Schachtel Zigaretten, wie er es nun seit beinah neun Monaten tut, Woche für Woche, jeden Dienstag und jeden Donnerstag, immer bei Trix und nicht an einem Automaten oder anderswo zu kaufen. Aber Trix' Haltung allein ist es nicht. Und es ist auch mehr als der rein ästhetische Genuss, was den Kassierer immer wieder in den Tabak- und Souvenirshop kommen lässt. Denn im Falle von Trix, dessen ist der Kassierer sich bewusst, korrespondieren Haltung und Proportionen auf eine Weise, die dem Kassierer, je öfter er ihr Zusammenspiel beobachtet, desto mehr Bewunderung und schwärmende Verehrung abnötigt. Obwohl der Kassierer Trix nicht für im klassischen Sinne schön hält. Ihre Augen liegen weit auseinander, die Nase ist schmal wie auch ihr Kinn, erstere ist ein wenig schief und letzteres ein wenig spitz, die Lippen dazwischen sind voll, der Mund allerdings dafür seltsam klein, der Hals ist schlank, zu lang, um ihn perfekt nennen zu können, gleiches gilt für den Oberkörper, weshalb auch die runden Brüste, flach wie sie sind, mit den stets aufgerichteten, nach oben weisenden und sich unter dem dünnen Stoff der Bauchnabelfreitops, die Trix im Sommer zu tragen pflegt, meist deutlich abzeichnenden Mamillen fast ein wenig fehl am Platz, beinah verloren auf diesem Oberkörper wirken. Und dennoch oder gerade deshalb steht für den Kassierer außer Frage, dass Trix' Erscheinung in ihrer Unvollkommenheit vollkommen ist, dass die gut einhundert Billionen Zellen, aus denen Trix besteht, nicht hätten anders angeordnet werden können, als sie angeordnet sind, ohne diesen Eindruck zu zerstören. Jeder kleine Makel, den der Kassierer an Trix entdeckt, macht sie für ihn nur attraktiver, was letztendlich bedeutet, dass jeder Makel an Trix dem Kassierer zu einem Beweis ihrer Makellosigkeit wird. Ein Paradox, welches ihm etwa alle vier Wochen in Form eines kleinen Details, in Form von zwei winzigen verstopften Poren zwischen Trix' Mund und Trix' Kinn, in Form dieses rätselhaften, nur einmal im Monat auftauchenden Pärchens kaum sichtbarer Hautunreinheiten, das Trix mit einer bronzefarbenen Tinktur zwar äußerst geschickt, aber nicht komplett zu kaschieren weiß, anschaulich gemacht wird. Was wiederum zur Folge hat, dass der Kassiererkörper neben Serotonin, wie der Kassierer mit spürbarer Lust, mit gegen den Bauch pochender Glans, versonnen schlussfolgern darf, noch eine ganze Reihe weiterer Hormone: Oxytozin, Endorphine, Testosteron, produzieren lässt und ausschüttet, während parallel dazu der Kassierergeist nicht anders kann, als sich für Momente in pirouettierenden, koitalreferenziellen Bilderwelten zu verlieren, um dabei, in diesem Zustand verzückter Entrückung, gleichzeitig und in einem fort, wenigstens sinngemäß, Halleluja zu denken.

Zwei verstopfte Poren.

Noch als der Kassierer den Tabak- und Souvenirshop längst wieder verlassen hat, er schon auf dem Fahrrad sitzt, im zweiten Gang mit lockerem Pedaltritt den Hauptbahnhof umfährt und hinter sich lässt, spürt er in sich diese pulstreibende, nur langsam abebbende Anspannung und Aufgeregtheit, die in Trix' Gegenwart eingesetzt hat. Er biegt ein in eine belebte Einbahnstraße des Bahnhofsviertels, in der sich zu beiden Seiten Sexshops und Filmcenter an Import-Export-Ramschläden, Spielhallen, Leihhäuser, Stundenhotels, Dönerbuden, anatolische Supermärkte und türkische Gemüsehändler reihen. Einen Fahrradweg gibt es nicht. Der Kassierer schlängelt sich auf seinem Rad im Schritttempo vorwärts, fährt entlang des mit festgetretenen Kaugummiplacken gepflasterten Bürgersteigrands, umkurvt Menschen unterschiedlichster ethnischer, überwiegend südländischer Herkunft, sieht einen Junkie sich zwischen zwei parkenden Autos Stoff drücken, passiert Nutten, die rauchend und Kaugummi kauend auf den Stufen vor den Hauseingängen herumstehen und mit ausdruckslosen Gesichtern ins Nichts starren. Dem Aussehen nach dürften die wenigstens von ihnen älter als sechzehn, siebzehn Jahre alt sein. Vor einem Hähnchengrill führen zwei Männer in Zivil einen dritten, der aus einer Platzwunde über dem rechten Auge blutet, mit Handschellen ab. Essensgeruch und der Geruch von Autoabgasen liegen in der ozonschwangeren Luft, vermischen sich mit menschlichen Ausdünstungen und dem aus den Kanaldeckeln aufsteigenden Geruch der Abwässer. Mit jedem Atemzug verliert der Kassierer mehr von diesem Duft, der die zehn Millionen Geruchsneuronen in seiner Nasenhöhle vor Minuten noch, und nicht nur bildlich gesprochen, zum Tanzen gebracht hat. Der dafür verantwortlich gewesen ist, dass kurz darauf im Schädelinneren des Kassierers, dort, an der Großhirnbasis, wo die Geruchsinformationen auflaufen und weiterverarbeitet werden, eine Art Ausnahmezustand geherrscht hat: Trix' Duft, ihr Lockstoff, das Pheromon. Eine chemische Substanz, produziert von den apokrinen Drüsen der Lenden, Achseln, Brüste, die dem Kassierer immer dann, wenn auch diese zwei winzigen, entzündlichen Hautunreinheiten zwischen Trix' Mund und Trix' Kinn auftauchen, als besonders wirkungsintensiv auffällt. Was, wie der Kassierer meint, die Vermutung nahelegt, dass das Ganze etwas mit Trix' Zyklus, mit ihrer Menstruation oder ihrem Eisprung, zu tun haben muss. Ein Gedanke, der den Kassierer manchmal euphorisch stimmt, weit häufiger allerdings deprimiert, vielleicht weil dieser Gedanke, wie der Kassierer findet, kaum intimer, aber auch kaum nutzloser sein könnte. Überhaupt erscheint ihm seine ganze stille Begeisterung für das Mädchen aus dem Tabak- und Souvenirshop, je weiter die Auslöschung von Trix' Duft durch die Gerüche um ihn herum voranschreitet, desto mehr überzogen. Aus rund zehntausend Düften und Gerüchen, das weiß der Kassierer, besteht die ganze aromatische Welt eines jeden Menschen. Jeder Mensch kann ungefähr zehntausend Düfte und Gerüche unterscheiden: Wie Klänge oder Bilder sind sie als Vorstellung im Geist rekonstruierbar. Den Kaufhausgeruch, den Geruch des Geldes, den Geruch der Kantine oder den Geruch des Bahnhofs: Ein kurzer Gedanke genügt, und der Kassierer hat sie präsent. Nur bei Trix' Duft, bei dem ist es anders. Für ihren Duft reicht die Einbildungskraft nicht.

Das Mädchen aus dem Tabak- und Souvenirshop.

Der Kassierer verlässt die belebte Straße mit den Halbweltlern, Randgestalten, Prostituierten, Einwanderern und Asylanten, quert an einer Ampel eine breite Hauptstraße, fährt an dieser Straße entlang auf seinem Rad weiter in ostnordöstlicher Richtung, vorbei an diversen, mehrstöckigen Bürokomplexen, Hochhäusern, einem Polizeirevier. Auf der gegenüberliegenden Fahrbahnseite stehen Wohnblocks, in ihren Erdgeschossen befinden sich Gewerbe- und Ladenflächen. Ein Steakrestaurant, eine Videothek, ein Supermarkt, eine Drogerie und eine Sparkasse quartieren dort, weithin sichtbar und deutlich erkennbar an den über den Eingängen prangenden Fassadenwerbungen. Vor einem Fitness-Club liegt ein ramponierter Einkaufswagen. In der Ferne ist das Geheul einer Sirene zu hören. Der Kassierer schaltet in den höchsten Gang. Das Rauschen des Fahrtwinds übertönt, während er Geschwindigkeit aufnimmt und mit aller Macht in die Pedale tritt, zeitweise den Lärm der Autos. Der Kassierer spürt das Blut in seinem Körper schneller zirkulieren, spürt ein leichtes, nicht unangenehmes Ziehen in den Oberschenkeln. Seine Hände krampfen sich unwillkürlich fester um den Lenker, und gerne würde der Kassierer die körperliche Anstrengung noch steigern, denn eine Art schales Gefühl schamhafter Leere greift in ihm Raum, steigt von der Magengegend auf in Richtung Brustkorb und Kopf. Eine Mixtur aus Proteinen und Nukleinsäure, denkt es in ihm, mehr ist der Mensch nicht. Mehr nicht. Der Kassierer weiß nicht, warum in diesem Moment ausgerechnet diese Vokabeln durch sein Bewusstsein wabern, aber er weiß, dass sie ihn beruhigen sollen. Was sie nur bedingt tun. Der Kassierer fährt auf seinem Rad in Richtung Osten, wird von seinen Erinnerungen eingeholt, sieht sich vor Trix stehen und eine Schachtel Zigaretten bestellen. Trix dreht sich zum Regal um. Sie hat ihr Haar hochgesteckt. Der Kassierer sieht den Flaum in ihrem Nacken, der sich links und rechts zu zwei kleinen fuchsblonden Locken ringelt, sieht den Leberfleck direkt neben dem mittleren der drei Halswirbel, die sich unter ihrer Haut abzeichnen, als sie sich zur Seite beugt, um die Zigarettenschachtel aus der obersten Reihe des Regals zu fischen. Mit auf das Eingabefeld gesenktem Blick und hochgezogenen Augenbrauen tippt sie den Preis in die Kasse, benutzt dazu den ausgestreckten Zeigefinger der rechten Hand. Linkisch sieht das aus, beinah unbeholfen, findet der Kassierer. Sie vertippt sich.

Eine Mixtur aus Proteinen und Nukleinsäure.

Der Kassierer drückt den Rücken durch, rutscht auf seinem Fahrradsattel ein Stück nach hinten. Er erreicht eine große Kreuzung, an der er anhalten muss. Von hier aus sind es noch gut zwanzig Minuten bis nach Hause. Das weiß er.

KUNDE # 2409 – # 3098

LAUTER GUTE GRÜNDE

– Sechshundertacht Mark und neunzehn.

Der Kunde, ein hohlwangiger, schmalschultriger, Blouson, Button-down-Hemd, Fliege und Schirmmütze tragender Endvierziger, betrachtet mit verklärtem Blick den Bon:

– Un-unglaublich, Si-sie ha-haben sich nicht ei-einmal vertippt.

Er stottert. Er deutet auf den kassenhohen CD-Stapel und sagt:

– Be-bei zwei-zweiunddreißig CDs eine er-erstaunliche Leleistung. Re-respekt.

Womit er zweifelsfrei recht hat. Ich sage:

– Reine Übungssache. Wie alles.

Der Stotterer rümpft die Nase und meint:

– Ha-hat mein Lo-logopäde früher auch i-immer gesagt.

Er macht eine wegwerfende Handbewegung:

– A-aber Sch-schwamm drüber. Ko-kommen wir zum Gesch-schäftlichen.

Er öffnet seinen Rucksack, wühlt ein Sparschwein hervor, fragt:

– Se-sechshu-hundert und wi-wie viel, sa-sagten Sie gleich?

Der Inhalt des Sparschweins ergießt sich über den Tresen. Ich sage:

– Sechshundertacht Mark und neunzehn.

Der Stotterer beginnt, Münzen aufzutürmen. Er sagt:

– Se-seit ich a-aufge-gehört habe zu rauchen, p-packe ich das Zi-ziga-garettengeld täglich bei-beiseite. Ko-kommt auf die Dauer ga-ganz sch-schön was zu-zusammen, sage ich Ihnen.

In diesem Fall fünfhundertneunundachtzig Mark. Ich sage:

– Fehlen jetzt nur noch neunzehn Mark neunzehn.

Der Stotterer betrachtet nachdenklich die Münztürme:

– Oh, da-das ist ä-ärgerlich, a-aber m-mehr Geld ha-habe i-ich nicht dabei. Tu-tut m-mir leid.

Er nimmt seine Schirmmütze ab, kratzt sich am Hinterkopf, sagt:

– Da we-werde ich wo-wohl ein oder zw-zwei C-CDs hier lassen mü-müssen.

Das muss er. Und ich fange noch einmal von vorne mit dem Scannen und Eintippen an. Der Stotterer meint:

– I-ich bin wi-wirklich unträ-tröstlich. So etwas Du-dummes ist mir noch n-nie pa-passiert.

Freitag | 6. August 1999

[# 2412]

– Hi.

H-zwei-O-zwei-blondes, schulterkurzes Haar, knappes, enges Top, Modekatalogteint. Sie stellt ungefähr zweihundert Tüten vor der Kasse ab, pustet sich eine Strähne aus dem Gesicht:

– Okay, warten Sie mal einen Augenblick.

Die eine Hand auf die Hüfte gestützt, in der anderen eine CD haltend, schaut sie nachdenklich ein paar Sekunden lang an mir vorbei ins Leere. Sie sagt:

– Mist, ich weiß einfach nicht, ob ich mir dieses verdammte Ding noch kaufen soll.

Ich nicke, zeige mich problembewusst und sage:

– Bis zwanzig Uhr haben wir geöffnet.

Sie beißt sich auf die Unterlippe:

– Hmm. So richtig vernünftig ist es ja eigentlich nicht.

Sie guckt mich an. Dann trommelt sie mit den Nägeln von Mittel-, Zeige- und Ringfinger einen kurzen, schnellen Rhythmus auf das Cover, reicht mir den Tonträger und sagt:

– Ach, scheißegal.

Ihre Mundwinkel heben sich, sie zückt eine Kreditkarte, lächelt ein Werbespotlächeln und meint:

– Schrecklich, aber es gibt Tage, da kann ich, ohne etwas zu kaufen, keinen Laden verlassen.

Und mit perlend wehleidiger Halbstimme fügt sie seufzend hinzu:

– Schlimm, schlimm, schlimm.

Ich zucke mit den Achseln, ziehe ihre Kreditkarte durch den Kartenleser und sage:

– Tja, um ehrlich zu sein, auf Kunden und Kundinnen wie Sie baut man im Einzelhandel.

[Oniomanie]

Einkaufen ist nicht irgendein nüchterner Vorgang. Menschen gehen einkaufen, um sich zu zerstreuen, um andere Menschen zu treffen, um sich etwas Gutes zu tun, um sich zu unterhalten, um unterhalten zu werden, um nicht zu Haus zu sein, um eine Aufgabe zu haben, um Frust abzubauen. Menschen gehen aus den unterschiedlichsten Gründen einkaufen. Meist freiwillig, einige jedoch, weil sie nicht anders können. Bereits Ende des 19. Jahrhunderts berichtet der deutsche Arzt und ordentliche Professor der Psychiatrie Emil Kraepelin von Patienten, die ziel- und zwecklos Dutzende von Handschuhen, Halsbinden, Hüten und Spazierstöcken kaufen. Kraepelin, ein erfolgreicher Lehrbuchautor, ambitionierter Freizeitlyriker sowie entschiedener Gegner des Alkohols, gibt dem Kaufzwang den Namen Oniomanie und ordnet ihn, gemeinsam mit der Pyromanie, der Kleptomanie und dem Wandertrieb, dem impulsiven Irresein zu. Heute rechnet man den Kaufzwang aufgrund der Symptomatik eher zu den Suchterkrankungen. Shopaholics leiden unter dem unkontrollierbaren, in Anfällen auftretenden, sich ständig steigernden Drang, Dinge zu erwerben, die sie im Grunde nicht brauchen und deren realer Wert sie nicht interessiert. Ihre Einkäufe werden von ihnen achtlos, nicht selten unbenutzt und unausgepackt weggeräumt, über Jahre hinweg gehortet, bestenfalls verschenkt oder aber einfach entsorgt. Im fortgeschrittenen Stadium der Sucht brechen die Betroffenen zu wahren Einkaufsorgien auf, kaufen immer mehr und immer teurer, überziehen Konten, plündern Sparbücher, verschulden sich. Kaufsucht ist tückisch, weil lange unauffällig, denn Kaufen ist gesellschaftlich akzeptiert, wird sogar ausdrücklich gutgeheißen. Dementsprechend alarmierend fallen die Zahlen statistischer Erhebungen aus: Bereits zwanzig Prozent aller Erwachsenen gelten als deutlich, wenigstens fünf Prozent als akut kaufsuchtgefährdet. Tendenz steigend. Süchtig, schätzen Experten, sind rund ein Prozent, und diesen Süchtigen bleibt am Ende nur der Weg zu Ärzten, Therapeuten, Sozialämtern und Selbsthilfegruppen. Oder eventuell der Talkshoweinsatz gemeinsam mit Workaholics, Bulimisten, Phobikern, Freeclimbern, Satanisten, Stalkern, Sexbesessenen und Allergikern.

[# 2554]

– Ist es wohl möglich, diese Rechnung bei Ihnen zu bezahlen?

Eine elegant gekleidete, schlanke und im gelifteten Gesicht nahezu faltenlose Mittfünfzigerin. Sie hält mir mit behandschuhter Hand einen DIN-A4-Bogen hin. Ich sage:

– Selbstverständlich. Kein Problem.

Ich bekomme den Beleg. Der Scanner liest den Barcode, das Display zeigt die Summe an:

– Dreiundzwanzigtausendsechshundertundeinundzwanzig Mark.

Ein Kaffeeservice im Wert eines Kleinwagens. Nicht schlecht. Ich sage:

– Na, hoffentlich sind die Tassen, die Sie sich da ausgesucht haben, wenigstens spülmaschinentauglich.

Die Kundin taxiert mich wie etwas, das zwölf Beine hat, Insekten frisst und Wände hochkrabbelt. Sie sagt:

– Bester, das Flora Danica von Royal Copenhagen will man nur besitzen, man trinkt nicht daraus.

Ich nicke. Das hatte ich schon vermutet. Sie meint:

– Allein die Zuckerdose ist mit tausend verschiedenen Pflanzenmotiven bemalt.

Ich versuche, mir dieses ornamentale Wunderwerk aus Porzellan vorzustellen. Erfolglos. Ich sage:

– Ich bin mir sicher, Sie haben eine exzellente Wahl getroffen.

Sie lächelt, klappert mit ihren Armreifen und meint:

– Dessen, mein Guter, seien Sie sich gewiss, das habe ich.

Und dann zahlt sie, als wären Preis, Artikel und sie selbst nicht schon stupend genug, auch noch bar. Sie gibt mir märchenhafte vierundzwanzig wirklich große Scheine.

[#####]

Zwei Knirpse in Trainingshosen und oversized Sweatshirts gehen an der Kasse vorbei. Als sie die Lichtschranke am Ausgang der Abteilung passieren, beginnt die Alarmanlage zu piepen.

– Kommt ihr eben noch mal zurück.

Sie bleiben stehen. Die Alarmanlage piept weiter. Ich sage:

– Ihr steht da ziemlich ungünstig.

Sie gucken sich an. Kurz nur, dann kommen sie mit gesenkten Häuptern auf mich zu.

– Und?

Wortlos legen sie zwei Videos auf den Tresen. Ich sage:

– Komplett mit Sicherungsrahmen. Sehr clever.

Einer der beiden Stepkes zuckt mit den Schultern. Etwas dümmlich sage ich:

– Ihr könnt doch nicht mit gesicherter Ware hier aus dem Laden spazieren.

Keine Reaktion. Sie versuchen nicht einmal abzuhauen. Ich sage:

– Tut mir leid, Jungs, aber ich fürchte, ich kann euch nicht so einfach laufen lassen.

Ich drücke den roten Knopf an meinem Tischmikrophon:

– Eins eintausend Herkules, Kasse 53. Bitte eins eintausend Herkules.

Etwa eine halbe Minute später sind zwei Kaufhausdetektive zur Stelle. Der eine sagt:

– Schwierigkeiten?

Ich schildere, was vorgefallen ist. Die Detektive nehmen die Videos an sich, dann fordern sie die zittrigen und inzwischen ziemlich blassen Knirpse auf, ihnen ins Untergeschoss zu folgen.

[Breitensport]

Alle fünfundvierzig Sekunden wird in diesem Land ein Ladendieb dingfest gemacht. Rund siebenhunderttausend erwischt man jedes Jahr, Dilettanten und Stümper meist, kleine Fische. Die Gefahr, ertappt und gestellt zu werden, ist für halbwegs Ausgeschlafene gering. Neun von zehn Tätern, schätzen Insider, bleiben unentdeckt. Geklaut werden bevorzugt Kosmetikartikel, Textilien, Elektrogeräte, Schmuck und am häufigsten CDs, Videos sowie Tele- und Computerspiele. Jeder dritte Dieb ist minderjährig. Fast immer hätten Ladendiebe, die man schnappt, den entwendeten Artikel auch käuflich erwerben können – genügend Geld haben sie in aller Regel dabei. Es gibt einen Begriff für Taten wie diese: Wohlstandsdelikte. Kaufhausdiebstahl ist längst Trend- und Volkssport. Und weil dieser Sport den Einzelhandel teuer zu stehen kommt, wird er nach Kräften bekämpft, zum Teil eben auch mit teurem Personal: mit Kaufhausdetektiven. Das Auffälligste an Kaufhausdetektiven ist ihre betonte Unauffälligkeit. Scheinbar ziellos und gelangweilt schleichen und streifen sie durch Verkaufsräume und Abteilungen und wirken bei allem, was sie tun, sehr desinteressiert, beinah abwesend, ein wenig wie potenzielle Ladendiebe: verdächtig. Dass Kaufhausdetektive in der Tat zu den ganz großen Selbstbedienern gehören, ist kein Geheimnis. Wobei die Herren Kaufhausdetektive in der Hauptsache durchaus damit beschäftigt sind, Ladendieben das Handwerk zu legen. Was folgendermaßen abläuft: Ein Kaufhausdetektiv beobachtet betont unauffällig etwas Auffälliges und verständigt, indem er bei hochgeklapptem Kragen in seine Jacke murmelt, per Walkie-Talkie die Kollegen. Erhärtet sich der Verdacht, wird es kurze Zeit später hektisch. Zwei, drei Kaufhausdetektive, die alle aussehen wie Ladendiebe, verfolgen einen mutmaßlichen Ladendieb, der aussieht, wie man sich einen Ladendieb nie vorgestellt hätte: meist in Richtung Ausgang und sprintend. Bei erfolgreichem Zugriff zerren, ziehen, schleifen und tragen sie den Verdächtigen, der für gewöhnlich zappelt und etwas von Freiheitsberaubung faselt, ins Basement, vermutlich in ein eher schmuckloses Büro mit furniertem Schreibtisch, Plastikschalensitzen und Bademodenkalender an der Wand. Vielleicht auch in einen komplett schallisolierten, feuchtkalten Raum mit massiven Daumenschrauben, Streckbänken und anderen mittelalterlichen Folterinstrumenten.

[#####]

– Haben Sie gar kein schlechtes Gewissen?

Latzhose, Veganerblässe, Hennatönung, Ersatzmutterempörung: eine Frau, Ende zwanzig. Sie hat sich mit in die Taille gekrallten Händen vor mir aufgebaut, sagt, während sie die eine Hand kurz von der Taille löst, um sich damit durch das ziegelrote Haar zu fahren:

– Man kann doch Kinder nicht wie Schwerverbrecher behandeln. Das hat mich jetzt richtig geschockt, was hier gerade passiert ist.

Ihre Blässe weicht an Wangen und Stirn einem fleckigen Rosé. Ihre Nasenflügel zittern. Sie sagt:

– Minderjährige in Keller abführen zu lassen. Ekelhaft.

Als würden wir ihnen die Hände abhacken. Ich sage:

– Tut mir leid, aber spontan fällt mir dazu wenig ein.

Sie schüttelt verständnislos den Kopf, lächelt ein verächtliches Lächeln, schaut in Richtung Keller, dann wieder zu mir, sagt:

– Ich meine, das ist ja total stasi-nazi-mäßig im Prinzip. Und mit dem Zeigefinger auf mich deutend, fügt sie hinzu:

– Wenn ich Sie wäre, würde ich mich schämen.

Sie hebt das Kinn und schaut mich herausfordernd an. Ich frage:

– Entschuldigung, aber wofür soll ich mich schämen?

Ihre Augen verengen sich zu Schlitzen. Sie sagt:

– Ihren Faschozynismus können Sie sich sparen. Sie sind doch Teil dieses Systems! Auf Wiedersehen.

Sie dreht sich um und geht. Am Ausgang löst sie den Alarm aus.

[Dube #1]

– Biebiebiebiep, biebiebiebiep, biebiebiebiep.

Stahlstegbrille, kariertes Sakko, Kuhmotiv-Spaßkrawatte: Herr Dube von der Ladenaufsicht. Wenn er an den Sicherheitsschranken vorbei in die Abteilung marschiert, muss er den Alarm imitieren:

– Biebiebiebiep, biebiebiebiep, biebiebiebiep.

Das findet er lustig. Überhaupt hält Dube sich für ziemlich komisch. Er sagt:

– Aufwachen, Herr Kollege, Leistungskontrolle.

Schelmisch zwinkert er mir zu:

– Dann wollen wir mal gucken.

Dube schirmt mit der Hand die Augen ab, blickt sich suchend um und vermeldet:

– Kein Kunde in Sicht, mein Bester, kein Kunde in Sicht.

Tatsächlich habe ich gerade die ersten ruhigen Minuten seit mittags. Ich sage:

– Sie wissen doch, dass ich fürs Nichtstun bezahlt werde, Herr Dube.

Er grinst. Mit dem Nichtstun kennt er sich aus. *Als verlängerter Arm der Geschäftsleitung*, O-Ton Dube, verteilt er im Laden kluge Ratschläge, beaufsichtigt Handwerker, unterschreibt Gutscheine und gewährt aufgebrachten Kunden Preisnachlässe. Die längste Zeit des Tages verbringt er allerdings damit, Maulaffen feilzubieten. Er meint:

– Ja, ja, Kassierer müsste man sein.

Dube seufzt, um gleich darauf zu strahlen wie die Kuh auf seiner Spaßkrawatte. Ich sage:

– Wenn Sie wollen, lege ich bei meinem Vorgesetzten ein gutes Wort für Sie ein.

Daran erinnert zu werden, dass ihn nicht jeder für eine Art Chef hält, mag er gar nicht. Er gähnt, tut betont gelangweilt und sagt:

– Ich komme auf Sie zurück.

[Freitag]

Der Freitag gehört spätestens ab mittags den Wochenendbeginnern: Goldarmbanduhr-Schlips-Anzug-Aktenmappen-Trägern, Make-up-Pumps-Bürokostüm-Handtaschen-Damen, Männern in Drillichhosen und Sicherheitsschuhen, Frauen in Berufszivil, Werktätigen, die in den letzten fünf Tagen das Bruttosozialprodukt gesteigert haben. Es kommen Arbeiter,

Angestellte, Beamte, Selbständige, Handwerker, Gewerbetreibende, Freischaffende. Sie sind auf dem Nachhauseweg, tragen Laptops, Terminplaner, Ordner, Taschenrechner, Zollstöcke, Schraubendreher, Seitenschneider, Wasserwaagen, Thermoskannen, Butterbrotdosen und Mobiltelefone mit sich herum, haben nagelneue, automatenfrische Scheine dabei: Gehalt, Lohn, Salär, Sold, Gagen, Honorar, Prämien, Tantiemen, Gratifikationen, Dotierungen, Spesen. Sie wollen sich nach einer überstandenen Arbeitswoche etwas gönnen, eine Kleinigkeit nur, wollen eine Gegenleistung, eine handgreifliche, augenscheinliche, eine selbst gewählte Anerkennung für tadelloses, volkswirtschaftliches Funktionieren. Es sind angenehme Kunden. Sie kaufen selten mehr als eine CD, auf die Schnelle und scheinbar wahllos, sie zahlen bar. An den Kassen ist das Tempo deshalb hoch, besonders zwischen halb sechs und sieben. Als Kassierer hat man kaum einmal die Chance, sich umzuschauen, und dennoch registriert man, dass etwas vorgeht, dass sich etwas verändert. Der Frauenanteil sinkt, immer mehr vermutlich Verlorene, vermutlich Verratene, Verlassene, vielleicht Geschiedene, Alleinstehende, womöglich Alleinbleibende, unter Umständen Ewigeinsame stranden in den Verkaufsräumen. Sie irrlichtern in den Gängen umher, lungern an Sonderangebotsständen herum, pirschen, stromern, streunen und vagabundieren durch die Abteilungen. Es wird ruhiger an den Kassen. Die Wochenendbeginner verschwinden im Wochenende, und die, die zurückbleiben, blicken zunehmend häufiger auf ihre Uhren, sie wissen: Es dauert keine Stunde mehr bis Ladenschluss.

[#####]

– Ah, Rohrpost – das lobe ich mir.

Backenbart, breites Kreuz, Bierbauch, Blaumann. Ein Unternehmer, wie sich herausstellt:

– Pötter. Rohrpostsysteme.

Er kommt vorbei, als ich gerade kontrolliere, ob alle Rohrpostkapseln, mit denen man tagsüber größere Bargeldsummen ins Kassenbüro schießt, auch wirklich leer sind. Er sagt:

– Zweiundachtzigerdrehdeckelstandardbüchsen, habe ich recht?

Eine Frage, die Rohrpost-Pötter sich vernünftigerweise gleich selbst beantwortet:

– Unverkennbar, unverwüstlich – die guten alten Drehdeckel-PVC-Normal-Hülsen.

Beifällig schiebt Pötter seine Unterlippe vor:

– Solide Sache. Da kann man nicht meckern.

Er verschränkt die Arme vor der Brust:

– Durchlauf- oder Weichenendstation?

Ich zucke mit den Schultern:

– Weder noch.

Pötter hebt die Augenbrauen:

– Es gibt an dieser Kasse keine Station?

Ich gucke vielsagend und schweige. Pötter schüttelt den Kopf:

– Meine Herren, das ist ja finsterstes Mittelalter. Schon mal über den Risikoaspekt nachgedacht?

Er hebt das Kinn und zupft sich am Ohrläppchen:

– Ich meine, zwei-, dreimal am Tag hier mit dem ganzen Schotter quer durch den halben Laden zur nächsten Station zu tigern …

Pötter macht eine Pause. Er hüstelt. Er sagt:

– Da rollen sich dem Fachmann ja die Fußnägel auf.

Er zückt Notizblock und Bleistift:

– Passen Sie auf, ich rechne Ihnen mal kurz etwas vor. Nur ein klitzekleines Beispiel …

[Rohrpost]

Kunden wie Pötter treten einen Schritt zur Seite, wenn jemand kommt, ein anderer Kunde, der etwas bezahlen möchte, zum Beispiel. Geduldig warten sie in zweiter Reihe, bis die Kassenlade wieder geschlossen, der Bon gedruckt und der Käufer verabschiedet ist, um hinterher ohne Umschweife ihre zuvor begonnenen Ausführungen, Vorträge und Monologe fortzusetzen. Der Urlaub, das Wetter, die Plattensammlung, die Tagespolitik, das Fernsehprogramm, Hobbys, der Job, die Rechtschreibreform, Kunden wie Pötter sind nicht wählerisch. Abseitsfalle, Bahnengolf, Chemotherapie, Organspende, S-Dübel-Gebrauch, Stubenvogelzucht, Trockenrasur, Zwölftonmusik, jedes Thema ist recht, keines billig genug, Hauptsache, jemand hört zu. Oder tut wenigstens so, als ob. Für Kunden wie Pötter macht das keinen Unterschied. Sie bevorzugen das Einweggespräch, die Stegreifrede, sie kommen bestens ohne Stichwortgeber aus. Einer wie Pötter findet die Übergänge, die er braucht: vom Rohrpostdreisatz zur Geschichte der Kommunikation, von Latimer Clark, einem Pionier in Sachen Unterdrucksysteme, zu Werner von Siemens, von indianischen Rauchzeichen zur International Telegraph Company, von der Postkutsche zum Morsealphabet, vom Transportwesen zur Erfindung des World Wide Web und von der eigenen Homepage über Tresorleitungen dann schließlich wieder zurück zu Modellkalkulationen und Effizienzrechnungen. Spielend geht das. Der Kassierer kann sich bedenkenlos zurücknehmen und dem beruhigend nölenden Mantra der Rolltreppen lauschen: takatam, takatam, takatam, kann Samples von der Originaltonspur dazumixen: *W mal Z gleich X.* Takatam, takatam, takatam. *Wobei das Produkt aus Anzahl der Wege, W, und Zeitaufwand je Weg, Z, wenn man mal davon ausgeht …* Takatam, takatam, takatam. *Aufs Jahr hochgerech-*

net ... Takatam, takatam, takatam. *Ein wirklich hübsches, erstaunliches Sümmchen ...* Takatam, takatam, takatam. *Und wussten Sie eigentlich ...* Takatam, takatam, takatam. *Bereits 1853, noch vor Erfindung von Litfaßsäule, Schreibmaschine, Füllfederhalter, Fernsprecher und Grammophon ...* Takatam. Takatam. Takatam. Der Kassierer kann von Zeit zu Zeit nicken und sich vorstellen, wie sein Gegenüber auf Flachmanngröße zusammenschrumpft. Kann sich vorstellen, wie er Mini-Pötter in eine Rohrpostbombe stopft, die Kasse abschließt und ein Schild auf den Tresen stellt: *Kasse vorübergehend geschlossen.* Kann sich vorstellen, wie er Pötter in einer Zweiundachtzigerdrehdeckelstandardbüchse zu der Kollegin an die Karreekasse bringt, quer durch den halben Laden, unbehelligt. Das Plastikgeschoss wird eingelegt und angesaugt, und mit einem einzigen Knopfdruck sowie mit einem dunklen Geräusch, das entfernt an das Öffnen einer Bügelbierflasche erinnert, wird die Kapsel dann schließlich in der Leitung verschwinden: *fump.*

[Dube #2]

– Monday I have friday on my mind, schalla-la-le-la.

Noch einmal Stahlstegbrille, kariertes Sakko und Kuhmotiv-Spaßkrawatte, noch einmal: Dube.

– Was machen Kassierer eigentlich so freitags nach Einbruch der Dunkelheit?

Dube winkelt die Arme an, schürzt die Lippen und wackelt mit dem Unterleib:

– Auf die Piste? Das Tanzbein schwingen?

Dube klappt die schmalen Schultern nach vorn, versetzt seine Gesichtsmuskeln in Nullstellung:

– Oder sind wir eher die Sofakartoffel: Trainingsanzug, Tütenchips, Zappmaschine im Anschlag?

Er zieht in Western-Manier eine imaginäre Fernbedienung aus einem imaginären Holster:

– Zappzapp, zappzapp, zappzapp. Oder haben wir am Ende gar ein Date?

Dube entblößt zweiunddreißig kachelweiße, offensichtlich synthetische Zähne. Er sagt:

– Erzählen Sie mal, Sportsfreund, was verspricht der Abend?

Ich schließe die Kassette mit dem abgezählten Restgeld und den Kreditkartenbelegen, sage:

– Ich denke, ich werde wohl Oblaten kleben und an meinem Streichholzeiffelturm weiterbasteln.

Dube grinst gequält, guckt dabei leicht irritiert, ein wenig skeptisch. Er mustert mich. Ich sage:

– Maßstab eins zu fünfundsiebzig, Bauzeit bei momentanem Tempo circa zwei Jahre.

Ich ziehe den Schlüssel von der Kassette ab und lege ihn in die Kassenlade. Dube sagt:

– Und danach kommt dann vermutlich Westminster Abbey an die Reihe, habe ich recht?

Die Augen hinter seiner Stahlstegbrille gieren förmlich nach Erklärung.

Ich sage:

– Big Ben oder die Space Needle von Seattle. Ich bin auf Türme spezialisiert.

Dube richtet seine Krawatte, leckt sich beiläufig die Lippen. Er sagt:

– Das lassen Sie mal besser nicht Ihren Seelenklempner hören, Herr Architekt.

Ich schiebe den Riegel an der Tür zu meiner Kassenbox auf, gönne Dube ein Lächeln und sage:

– Mein Seelenklempner meint, bei Kassierern hat er im Grunde für alles Verständnis.

Feierabend | ankommen

Fünfunddreißig Minuten. Rund zehn Kilometer Weg. Vorbei am Hauptbahnhof, vorbei an dessen Südseite, vorbei dort an Strichern, Säufern, einem stinkenden Pissoir, Obdachlosen, Abgerissenen, Heruntergekommenen, Hoffnungslosen. Auf der gegenüberliegenden Seite: ein Museum, ein Busbahnhof, ein Schnellrestaurant. Du biegst ein in die Einbahnstraße mit Sexshops, Import-Export-Klein-und-Großhändlern, Filmcentern, Spielhallen, türkischen Supermärkten, diversen Dönerläden, Stundenhotels, Leihhäusern, einem Kino für englischsprachige Filme, einem Varieté. Betrachtest im Vorbeifahren die Fassadenwerbungen, die Leuchtreklamen, die meist neonfarbenen Schilder in den Schaufenstern, die Schaufensterauslagen, die Fensteraufkleber mit den großen Buchstaben. Vokabeln blitzlichtern in deinem Kopf auf, x-mal gelesen inzwischen, sinnentleert. *World of Sex. Chinesische Spezialitäten. Anatolische Spezialitäten. Persische Spezialitäten. Multi-Video-Show. Vierundsechzig Programme. Hotel Barabella. Öz Yetim Restaurant. Nevada Automatenspielcenter.* Zweimal täglich durchfährst du diese Straße. Wähnst dich dabei jedes Mal beobachtet, bedroht. Ohne dass du dir im Einzelnen erklären könntest, wieso, vermutest du in jeder Person des Gewimmels einen Halbweltler, einen Randständigen. Meinst, ein Eindringling zu sein in einem nach dir unbekannten Regeln funktionierenden Kosmos aus lauter Prostituierten, Freiern, Zuhältern, Dealern, Zivilfahndern, illegalen Einwanderern. Witterst hinter jeder Ecke Gefahr. Ein im Vorüberfahren flüchtig gekreuzter Blick mit einem Passanten, ein dich scheinbar taxierendes, finster dreinschauendes Gesicht irgendwo in der Menge: Manchmal genügt Derartiges, um dich wie jemand zu fühlen, den es an einen Ort verschlagen hat, an dem er besser nicht sein sollte. Ein seltsamerweise nicht ausschließlich unangenehmes Gefühl. Dir gefällt der, wie du weißt, ein wenig kindische Gedanke, im Bewältigen dieses Wegstücks eine Art selbst auferlegte Mutprobe zu sehen, die Tag für Tag bestanden werden muss. Damit du dir zur Belohnung hinterher einbilden darfst, ein Entronnener zu sein. Damit der Kopf beschäftigt ist. Mit irgendetwas, während du dich dann Tritt für Tritt, entlang einer vierspurigen Straße radelnd, auf einem holprigen Fahrradweg weiter von der Innenstadt entfernst: begleitet von abebbendem Feierabendverkehr, mit der tief stehenden Abendsonne im Rücken. Die wenigen Schleierwolken vor dem pastellblauen Himmel haben einen lilafarbenen Ton angenommen. Es beginnt zu dämmern. Einige der Autos fahren bereits mit Licht. Du erreichst eine große Doppelkreuzung, an der du anhalten musst, fährst danach weiter geradeaus gen Osten. Links ein Schwimmbad, rechts ein Schulkomplex. Dazwischen eine breite, insgesamt sechsspurige, über Kilometer beinah schnurgerade Magistrale, die zu beiden Seiten von ein wenig Straßenbegleitgrün, einem mal schmaleren, mal breiteren Bürgersteig und meist drei- bis fünfstöckigen Wohngebäuden mit Ladenflächen in den Erdgeschossen gesäumt wird. Dicht an dicht drängen sich die Fassaden der Gebäude aneinander. Die Parkbuchten am Fahrbahnrand sind beinah bis auf den letzten Platz besetzt. In regelmäßigen Abständen passierst du U-Bahn-Zugänge. Müde wirkende Menschen kriechen aus den Treppenschächten nach oben in den milden

Sommerabend, laufen mit gesenkten Köpfen über das Pflaster des Bürgersteigs. Auf dem rissigen Asphalt des Radwegs liegen Laubreste, ausgetrocknete schmutzig-gelbe, bräunliche Blätter, kleine Ästchen, Zigarettenkippen. Sand und Rollsplit knirschen unter den Reifen deines City-Cruisers. Du spürst den Fahrtwind im Gesicht und auf der nackten Unterarmhaut: lauwarm.

Rund zehn Kilometer Weg.

Etwa ein Viertel der Strecke liegt hinter dir. Du fährst vorbei an einem Croqueladen, einer Änderungsschneiderei, einer Spielothek, einem Copy-Shop, einer Lottoannahmestelle, einem Reisebüro, einem Friseur, einem Restaurant mit dem Namen *Rusticana*, vorbei an einem weiteren Copy-Shop, einem Afro-Shop, einem Haarstudio, einer Bäckerei-Konditorei, einer Tankstelle. Orientalische Musik dröhnt aus einem Auto, das vor einer der Zapfsäulen steht. Du blickst kurz hin, siehst einen jungen Mann neben einem weißen PKW stehen. Er hat die eine Hand in einer weiten Hosentasche vergraben, die andere spielt mit einem Rosenkranz. Du musst daran denken, dass eine Rosenkranzkette aus sechs größeren und dreiundfünfzig kleineren Perlen besteht. Dreiundfünfzig. Das lässt dich lächeln, und du lächelst noch, als du die synkopischen Klänge der Autoradiomusik längst aus den Ohren verloren hast, dein Bewusstsein sich schon wieder damit beschäftigt, die Namen der Geschäfte, an denen du vorbeikommst, beinah zwanghaft in sich hineinzulesen. *Yin Bin Asiatische Spezialitäten. Borowski Bestattungen. Fahrschule Preuß.* In einem leeren Schaufenster das Schild: *zu vermieten*. Du passierst geschlossene Geschäfte für Computerzubehör, Berufsbekleidung, Fahrradbedarf, Heizkörperverkleidungen. Vor einem Billardcafé auf der anderen Straßenseite redet ein schnauzbärtiger Lederjackenträger heftig auf eine junge Frau ein, hält sie am Arm gepackt. Du verstehst nicht, was er sagt. Sie schüttelt den Kopf, schaut zu Boden. *Cesars Palace Spielsalon. Galaxy Restaurant. Orientteppiche Bakhtiar.* Eine Sparkasse. Ein Spirituosengeschäft, das sich *Weinquelle* nennt. Die Straße macht an dieser Stelle einen leichten Knick nach rechts, danach steigt sie auf den nächsten anderthalb Kilometern an. Du registrierst, wie du im Rhythmus deines Pedaltritts stumm zu zählen beginnst. Zwei. Drei. Vier. Eins. Zwei. Drei. Schaltest kurzzeitig einen Gang zurück. Spürst die Kontraktionen der Oberschenkelmuskulatur und die von dort ausstrahlende Wärme, die sich oberhalb der Knie unter dem Stoff der auf dem Oberschenkel reibenden Hose staut. Ein Reisebüro, das Textilpflegegeschäft *Sauberland*, eine Bäckerei, ein Uhrmacher, eine Drogerie, ein Blumenladen, ein Supermarkt, eine Lottoannahme, eine Änderungsschneiderei. Eine medizinische Fußpflege, ein weiteres Bestattungsinstitut, das Eiscafé *Viktoria II*, ein Spieltreff, der *Asia Mekong Supermarkt*, eine Zeitarbeitsfirma, ein Friseur, ein Gebäudereinigungsunternehmen, ein Küchen-Studio, ein weiterer Afro-Shop. Vor dem *Ristorante Il Bacco* sitzen ein paar Gäste auf Plastikstühlen an mit karierten Tischdecken dekorierten Tischen. Ein Kellner räumt gerade Teller mit Pizzaresten ab. Der nächste Friseur, das dritte Bestattungsinstitut, ein gerade neu eröffnetes Sonnenstudio, ein Waschcenter, ein Asia-Imbiss. An jedem dieser Geschäfte bist du, seit du Kassierer bist, ungefähr fünfhundertmal vorbeigekommen. Bis auf den türkischen Supermarkt, in dem du dir morgens deine Cola kaufst, hast du nicht eins je betreten. Nicht eins. Nicht die Münz- und Briefmarkenhandlung, nicht das Motorradhaus, nicht den Nachtclub *Corner 57*, nicht das skandinavische Möbelhaus, nicht den Laden für Veranstaltungstechnik *Sound Control Licht Ton Bühnen.* Aber die Reihenfolge sämtlicher Geschäfte kennst du aus dem Effeff, könntest sie vermutlich jederzeit lückenlos rekonstruieren, vor und zurück. Genauso wie du die Ampelphasen auf deiner Strecke kennst. Weißt, wann du das Tempo anziehen musst, wann du dein Rad rollen lassen kannst. Etwa in Höhe des dritten Friseurs zum Beispiel beschleunigst du die Fahrt. Fährst vorbei an einem Dekoshop, einem Geschäft für Geschenkartikel, einem Grill-Restaurant, einer Drogerie, einem Antiquitätengeschäft, einem Laden für Stoffe und Wolle, dem vierten Bestattungsinstitut. Vorbei an einer Kneipe, einer Apotheke, einem Pflegedienst, einem Tauchsportcenter. Etwa in Höhe von *Smiley Blue Second Hand* lässt du es dann wieder etwas ruhiger angehen. Hörst einen Moment auf, in die Pedale zu treten. Näherst dich einer Ampel, die kurz bevor du sie erreichst, auf Grün umspringt. Ein Auto prescht von rechts heran. Du siehst es rechtzeitig, bremst. Der Wagen schießt bei Rot an dir vorbei.

Bei Rot.

Das Nebennierenmark arbeitet. Die Adrenalinkonzentration im Blut steigt. Du fluchst dem Fahrer des Wagens still hinterher. Dein Puls rast. Daran erinnert zu werden, jederzeit als Teil der Unfallstatistik und Verkehrstoter enden zu können, gehört zu den wenigen Dingen, die dir wirklich zu schaffen machen. Radfahren gefällt dir, die Benutzung von öffentlichen Verkehrsmitteln ist dir ein Graus. Diese körperliche Nähe zu anderen, die vielen Menschen auf engstem Raum in Bussen und U-Bahnen: Du würdest das nur schwer ertragen nach acht Stunden an der Kasse, du hast dann diesen Bewegungsdrang. Andererseits ist da in puncto Radfahren dieses latente Panikgefühl. Auf den rund zehn Kilometern deiner Strecke schrammst du bestimmt einmal im Monat knapp an einem Unfall vorbei. Eine Unachtsamkeit, eine verzögerte Reaktion – und es könnte aus sein, denkst du hin und wieder. Bist dir keineswegs sicher, ob das albern oder überzogen ist. Jede Stunde ereignet sich in dieser Stadt ein Verkehrsunfall mit Personenschaden: laut der Statistik jedenfalls, in der du nicht auftauchen willst. Weshalb du, während du deinen Weg fortsetzt, noch eine ganze Weile in dich hineinfluchst und grübelst. Grübelst dich vorbei am vierten Friseur, an der zweiten Sparkassenfiliale, einem Bettenhaus, einem Fischfeinkosthändler, dem Fernsehtechnikladen *Eura TV-Leasing Satellitenanlagen*, dem Rauchwarengeschäft *Pelze Peter*, an *Kluges Videospieleshop*, an der Kneipe *Zur Windrose*. Kurz hinter einer Grünanlage, in deren Mitte etwas zurückgesetzt eine Kirche steht, rennt dir in Höhe des Altenheims, das an die Grünanlage grenzt, eine schwankende, offensichtlich betrunkene Gestalt mit langhalsiger, grüner Flasche in der Hand fast vor dein Fahrrad. Du reagierst, noch ins Grübeln vertieft, spät. Krampfst deine Finger um die Handbremse. Reißt den Lenker zur Seite. Nichts passiert. Eine Schrecksekunde. Ein weiterer Adrenalinschub. Das ist alles. Der Betrunkene, der scheinbar aus dem Nirgendwo aufgetaucht ist, setzt derweil seinen Weg ungerührt fort. Du siehst ihn beim Blick über die Schulter am Rand der Straße entlangtorkeln. Drehst dich um, gehst aus dem Sattel, nimmst wieder Fahrt auf. Stellst fest, dass der Beinahzusammenstoß diesmal eine beruhigende Wirkung auf dich hat. Du fühlst dich klar und konturiert, konzentriert bis in die Haarspitzen. Wenigstens auf den nächsten fünfhundert Metern, während du eine Kürschnermeisterei, eine Bäckerei, eine Spielothek, einen Fotografen, einen weiteren Supermarkt, eine weitere Fahrschule, eine weitere Tankstelle, einen Tierfutterladen und ein Restaurant für griechische Spezialitäten passierst. Dann erreichst du ein Stadtteilzentrum mit langer Ladenzeile, einem Kaufhaus, einer Einkaufspassage, einem Bezirksamt, einer Kirche, einem Busbahnhof. Alles liegt da wie ausgestorben. Lediglich fünf, sechs Jugendliche lungern vor einem Schnellrestaurant herum.

Am Taxistand stehen die Fahrer neben ihren Autos, rauchen. Du hast gut die Hälfte der Strecke hinter dir.

Fühlst dich klar und konturiert.

Du biegst, nachdem du der Hauptstraße jetzt fast fünf Kilometer lang gefolgt bist, von ihr ab, fährst über einen gepflasterten Fußweg durch einen Gehölzabschnitt, unterquerst eine Bahnbrücke, hinter der sich das kleine Waldstück weitläufig fortsetzt: durchzogen von einem verzweigten System erdigbrauner, schattiger, sich an den Bäumen vorbeischlängelnder Wege. Du meinst, den erhöhten Sauerstoffgehalt der Luft auf der Zunge zu schmecken. Atmest die Luft tief in die Lungen ein. Zwei Jogger kommen dir entgegen, Spaziergänger, die Hunde ausführen. Nach etwa zwei Kilometern verlässt du das Gehölz, erreichst eine vierspurige Vorfahrtsstraße, die sich über Kilometer bis zum Stadtrand erstreckt, kurvenlos. In regelmäßigen Abständen kreuzt sie Nebenstraßen, an zwei Stellen auch Hauptstraßen. Du folgst der Vorfahrtsstraße in Richtung Osten. Durchradelst eine Gartenstadt, vorbei an Dutzenden Einzelhäusern, unauffälligen, sich kaum voneinander unterscheidenden, überwiegend einstöckigen Eigenheimen mit schlichten Fassaden, symmetrischen Giebeldächern, Schleppgauben, schmalen Eingangstreppen, kleinen Vordächern, angebauten Garagen und umzäunten, gepflegten Vorgärten. Du kommst vorbei an fünf Bushaltestellen, einem Bäcker, einem Floristen, einer Litfaßsäule, einer Kaserne, einem Eiscafé, an einer Kirche, die kaum älter ist als du, einem Kindergarten. Du fährst über den rissigen, holprigen, mit Schmutz überpuderten, Jahrzehnte alten Asphalt eines Radwegs, der an diversen Stellen von der Wurzelkraft der am Straßenrand stehenden Bäume aufgestemmt ist: Grasbüschel wuchern aus den Ritzen. Du überquerst die Kreuzung, an der Schilder auf eine Autobahnauffahrt hinweisen, die man, böge man in deiner

Fahrtrichtung nach rechts ab, nach ein paar hundert Metern erreichen würde. Du aber fährst weiter geradeaus, siehst den Stadtrand in Sichtweite kommen.

Du folgst der Vorfahrtsstraße.

Hochhäuser ragen in den noch immer blassblauen Himmel: kastenförmige Gebäude mit aus Beton und rechteckigen Fensterelementen zusammengesetzten, klaren Fassaden. Bunte Balkone, Satellitenschüsseln und Markisen sorgen für eine Rhythmisierung der Außenhaut, und durch die Anordnung der unterschiedlich hohen, in Serienbauweise erstellten Hochhausblocks gewinnen die Fassaden mit ihren geometrischeckigen Konturen plastische Tiefe. Wie graue, mit ein paar bunten Sprenkeln versehene überdimensionierte Dominosteine sehen sie aus, die Bauten dieses Skulpturen-Ensembles. Keine spielerisch-dynamischen Formen, keine Asymmetrien, nichts Gekünsteltes, nichts Überkultiviertes, alles normiert, typisiert, verdichtet, rasterartig, ohne Mitte, mechanisch funktionalisiert: So müssen sich die Stadtentwickler das gewünscht haben, glaubst du, während sie diese Siedlung geplant und dabei vielleicht Styroporklötzchen auf einem Tisch hin und her geschoben haben. Dich überzeugt das Ergebnis. Das Gerede von betongrauen Wohnmaschinen und trostloser Gleichförmigkeit, das in Bezug auf die Ästhetik dieses städtischen Teilraums gängige Meinung ist, hältst du für Gewäsch. Du schätzt den hermetischen Baustil dieser Trabantenstadt, hast etwas übrig für die Schönheit ihrer Einzelkörper: Erhabenheit strahlen sie aus, findest du. Du bist hier aufgewachsen, hast noch miterlebt, wie die letzten drei zwölfgeschossigen Wohntürme und zu ihren Füßen das klimatisierte Einkaufszentrum entstanden sind. Womit dann die Bebauung dieses ehemaligen Brachlandes abgeschlossen gewesen ist, und wo einst, vor knapp hundert Jahren, zu der Zeit, als man hier noch auf den Einzug der

Elektrizität gewartet hat, gerade achtzig Haushalte, vierhundertvierundzwanzig Einwohner, sechshundertfünfundneunzig Stück Federvieh, zweihundertfünf Rinder, zweihundertsiebzig Schweine, fünf Schafe und drei Gastwirtschaften registriert gewesen sind, leben heute in den elftausendsiebenhundertdrei Haushalten rund fünfundzwanzigtausend Menschen, die zusammen über achttausend PKW angemeldet haben, die in ihrer unmittelbaren Nähe fünfundachtzig Ladengeschäfte zum Einkauf nutzen können und jedes Jahr um die dreitausendzweihundert Straftaten begehen.

Du bist hier aufgewachsen.

Vandalismus, Kriminalität, Gewalt, Anonymität, Verwahrlosung, Schmutz: Das sind die Dinge, die man hauptsächlich mit solcherart Orten der Peripherie assoziiert. Mehr als ein Viertel der hier lebenden Bevölkerung bezieht Arbeitslosengeld oder Sozialhilfe. Einen *Stadtteil ohne Zukunft* hat die lokale Presse diesen Teil des suburbanen Gürtels, in dem du wohnst, einmal genannt. Du hast keine Ahnung, ob sich die Menschen dieses Stadtteils Sorgen um ihre Zukunft machen. Oder ob sie glauben, dass es anderswo mehr Zukunft gibt. Du hast nie das Bedürfnis gehabt, wegzuziehen, hast nie darüber nachgedacht, nicht wirklich. An der Grundschule, an der du vorbeifährst, werden Kinder aus zwanzig Nationen unterrichtet, der Ausländeranteil liegt in diesem Stadtteil bei über zwanzig Prozent, und manchmal denkst du, dass ein Ort, an den es Menschen aller Kontinente verschlägt, nicht der schlechteste sein kann. Aber im Grunde kümmert es dich nicht, wo du haust, wer deine Nachbarn sind und was sie oder andere über diesen Stadtteil denken: Solange du eine Tür hast, die du hinter dir zuziehen kannst, solange es einen Platz gibt, an dem du schlafen, an dem du mehr oder weniger tun und lassen kannst, was du willst, bist du zufrieden. Den größten Teil der im wachen Zustand verbrachten Zeit des Tages bist du ohnehin anderswo. Und wenn du, wie jetzt, knapp elf Stunden, nachdem du am Morgen das Haus verlassen hast, an der Ampel beim Einkaufszentrum stehst, dein Blick über die Zinnen der Hochhäuser schweift und du inmitten dieses Panoramas bereits die Dächer des Blocks sehen kannst, in dem sich auch deine Wohnung befindet, fühlst du so etwas wie ein diffuses Heimatgefühl in dir aufkommen, gerade an Spätsommertagen wie diesem, wenn die Farbe des Abendhimmels im Osten ein nur noch leicht blaustichiges Weiß zu sein scheint und die letzten Sonnenstrahlen von Westen her kommend sich in den Fenstern der klotzigen Mehrgeschosser, auf die du blickst, beinah golden spiegeln. An diesen Tagen legst du meist noch einen kleinen Schlenker ein, biegst am Einkaufszentrum nach rechts und etwa hundert Meter weiter bei der ersten Gelegenheit gleich wieder nach links ab, fährst durch eine Tempo-30-Zone, eine schmale Straße, die sich mit zwei Windungen s-förmig durch die Hochhausreihen schlängelt, ein wenig so wie der Canal Grande durch Venedig. Die Straßendecke ist an etlichen Stellen geflickt: Dunkle, quadratische Flecke mustern den Belag in unregelmäßigen Abständen. In den Büschen vor den Hauseingängen hängen Abfälle, auf einem kleinen Rasenstück in der Nähe eines größeren und vollbesetzten Parkplatzes steht ein ausrangiertes Sofa. Aus den zerfetzten Rückenpolstern quillt Schaumstoff, drei etwa zehnjährige Jungs hüpfen auf der Sitzfläche, zwei andere kicken sich über ihre Köpfe hinweg einen Plastikball zu. Ein Stück weiter kommt dir auf dem Bürgersteig eine Frau entgegen, die einen Kinderwagen schiebt, und kurz vor der letzten Biegung, am Altpapiercontainer, lungern ein paar Halbwüchsige herum, Zigaretten rauchend. Die anfänglich dreistelligen Hausnummern der Häuser werden zweistellig, schließlich einstellig, und bevor die Tempo-30-Zone wieder in die Ausfallstraße mündet, die du am Einkaufszentrum verlassen hast, endet deine Fahrt. Die Hochhausschlucht öffnet sich links und gibt den Blick frei auf eine fußballfeldgroße, von Rasen umspielte, mit einem Parkdeck bedachte Tiefgarage. Der Block direkt gegenüber der Garage rechts gehört zu einem u-förmig angeordneten Komplex, der sich an seiner höchsten Stelle bis zum sechsten Stock emporschraubt. Du steigst vom Rad, schiebst es auf den Bürgersteig, siehst dich dabei vor, dass der Vorderreifen nicht durch einen der am Wegrand herumliegenden, angetrockneten Hundehaufen rollt.

Ein diffuses Heimatgefühl.

Bis zum Eingang des Dreigeschossers, in dem du wohnst und der die Hausnummer eins trägt, sind es nur ein paar Schritte. Der schmale Vorgarten besteht aus einem quadratischen Rasenstück, in dessen Mitte ein dürrer Vogelbeerbaum steht. Ein verwitterter Lattenholzzaun rahmt das von ein paar niedrigen Büschen gesäumte Karree. Du kramst die Schlüssel aus deiner Hosentasche, blickst zur Uhr. Kurz vor neun. Du öffnest die Haustür, betrittst das Treppenhaus, schaust in deinen Briefkasten: Wurfsendungen, Reklamezettel, Werbung. Du stopfst dir die losen Zettel und Broschüren in die Gesäßtasche deiner Hose, schulterst das Rad, steigst über vierzehn Stufen nach unten in den Kellervorraum. Das Geräusch deiner Schritte hallt von den nackten Wänden wider. Dein Blick streift notdürftig überpinselte Tags und Schmierereien, die trotz des spärlichen Lichts der fahlen Treppenhausbeleuchtung gut zu lesen sind: *M. ist ein Arschloch. Fick dich. Fick dich doch selber!* Neben der Tür zum Fahrradkeller liegen ein paar Plastiktüten. Es riecht nach Keller, muffig. Schweiß tropft dir von der Nase. Das T-Shirt klebt am Rücken. Du spürst deinen sich langsam beruhigenden Puls, die in gemächlichem Rhythmus gegen die Rippenbögen drückende Lunge, schließt das Rad am Treppengeländer an, steigst zurück nach oben. Einen Fahrstuhl gibt es nicht. Du zählst auf deinem Weg in den dritten Stock die Stufen im Kopf mit, zählst bis dreiundsechzig. Zwölf Wohneinheiten, drei pro Etage, gibt es in diesem für die Gegend recht niedrigen Haus. Essensgerüche kriechen durch die Türritzen. Du atmest sparsam, bis du die Tür im dritten Stock rechts öffnest, betrittst das abgedunkelte Apartment, ziehst die Tür hinter dir zu, steckst den Schlüssel ins Schloss, verriegelst von innen.

Das T-Shirt klebt am Rücken.

Du lässt die Riemen des Rucksacks von den Schultern rutschen, stellst ihn auf dem Boden ab, schlüpfst aus den Schuhen, ziehst die verschwitzten Socken aus, verstaust sie in den Hosentaschen, gehst barfuß in die Küche. Die Fliesen unter deinen Sohlen fühlen sich glatt an, kalt. Du öffnest den Kühlschrank, Flaschen klappern. Du trinkst einen Schluck Eistee, trittst ans Fenster, öffnest es weit, zündest dir eine Zigarette an, rauchst, schaust westwärts über das Einkaufszentrum hinweg zum Horizont. Dunkelblau, hellblau, rot, rosa, orange – der Abendhimmel von oben nach unten. Du gähnst. Auf der Straßenseite gegenüber an der Telefonzelle hat sich eine Gruppe vielleicht sechzehn-, siebzehnjähriger Mädchen, offensichtlich rausgeputzt für den Freitagabend, versammelt. Lachen, Gekicher ist zu hören. Deine Zigarette ist bis zum Filter heruntergebrannt. Du trittst an den Spülstein, hältst die Kippe unter den Wasserhahn, entsorgst den durchnässten Filter im Mülleimer. Streckst dich, spazierst in dein Arbeitszimmer, schaltest den Monitor an, das Modem, fährst deinen Rechner hoch. Dann gehst du ins Bad, duschen, bis deine Haut aufgeweicht ist.

KUNDE # 3099 – # 3861

VON NULL- ZU ENDLOSSCHLANGEN

– Dreineunundneunzig.

Eine CD, ein Schnäppchen: *Ocean Waves*, Meeresrauschen. Was auch gut der Name des Duftes sein könnte, der mir von der anderen Seite des Tresens entgegenflutet. Mit den Worten:

– Dreineunundneunzig? Fairer Preis, wirklich.

Die Kundin, weißes Kittelchen, Steckdosenbräune, Goldschmuck, Pin-up-Figur, legt zwei Münzen neben den Tonträger, inspiziert danach beiläufig ihre langen, künstlichen Fingernägel. Sie meint:

– Hier bei euch ist ja auch noch nicht viel los. Kenne ich: die Ruhe vor dem Sturm.

Die Kundin unterdrückt ein Gähnen, nickt. Sie deutet auf das Namensschild an ihrem Kittelkragen, klimpert mit zentnerschweren, ganz offensichtlich falschen Wimpern. Sie sagt:

– Ich arbeite drüben in der Parfümerie. Typisch Sonnabend. Ab mittags geht's dann zur Sache.

Sie neigt den Kopf leicht zur Seite, zeigt mit dem Daumen über die Schulter hinweg in Richtung Ausgang. Ich betrachte derweil das Namensschild an ihrem Kittelkragen: Frau Diethe. Sie meint:

– Also, wenn ich nicht arbeiten müsste, dann würde ich ja an den Strand fahren oder so, samstags.

Ein Lächeln huscht über Frau Diethes Gesicht, kurz, kaum wahrnehmbar. Sie sagt:

– Ich verstehe die Leute immer nicht. Na ja, obwohl, das Wetter ist ja heute auch nicht berühmt.

Frau Diethe nimmt die CD vom Tresen. Ich lege ihr Bon und Wechselgeldmünze hin, sage:

– Einen Pfennig gibt's zurück. Und den Kassenbeleg.

Frau Diethe nimmt beides an sich, lässt das Geldstück in die Kitteltasche gleiten, betrachtet den Kassenbeleg, produziert ein weiteres Lächeln, sagt:

– Witzig, Preis und Bonnummer sind fast gleich. Gucken Sie mal.

Sie hält mir den Beleg hin. Eine neue Woge Meeresrauschenduft schwappt mir entgegen. Sie sagt:

– Sehen Sie, hier die Nummer: drei, null, neun, neun. Und da der Preis: dreineunundneunzig. Das bringt bestimmt Glück.

Ich betrachte den Papierstreifen, deute auf die Stelle unten rechts, sage:

– Ja, aber das Beste ist eigentlich das hier, die Uhrzeit: neun Uhr einundzwanzig.

Ein paar große Fragezeichen mischen sich in und unter Frau Diethes Blick. Ich sage:

– Heute ist um sechzehn Uhr Ladenschluss. Richtig?

Frau Diethe nickt bejahend. In ihrem toupierten Schopf rührt sich dabei keine Locke. Ich sage:

– Tja, das heißt, bis zum Feierabend sind es um neun Uhr einundzwanzig genau noch sechs mal sechzig plus neununddreißig, also exakt dreihundertneunundneunzig Minuten gewesen.

Die Parfümerieangestellte fächelt sich mit der Ozeanwellen-Geräusch-CD frische Klimaanlagenluft zu, schaut mich an wie eine Ertrinkende einen unerreichbaren Rettungsring. Ich sage:

– Toll, oder? In weniger als vierhundert Minuten ist der Sturm vorbei.

Samstag | 7. August 1999

[# 3107]

Ein Mann um die vierzig, klein von Wuchs, schlendert an der Kasse vorbei. Er trägt ein Sakko, dessen Ärmel aufgekrempelt sind, und auf dem Kopf eine ausgebeulte Anglermütze. Er grüßt mich im Vorbeigehen mit erhobener Hand, sagt:

– Morgenstund' hat Gold im Mund.

Bremst dann unvermittelt ab, kommt im Rückwärtsgang an die Kasse zurück, klopft zweimal mit den Handknöcheln der linken Hand auf den Tresen, meint:

– Ich muss mal eben nach dem Rechten sehen.

Er schnippt mit den Fingern, weist mit dem Kinn in Richtung Abteilung. Ich sage:

– Das machen Sie mal.

Woraufhin er erneut schnippt, gleich darauf davonflitzt und im Davonflitzen noch sagt:

– Nicht weglaufen, bin gleich zurück.

Ich schaue ihm einen Moment nach, hole schließlich eine Rolle Pfennige aus der Schublade und will gerade damit beginnen, das entsprechende Fach in der Kassenlade mit den Kupfermünzen aufzufüllen, als das kleine Kerlchen wieder vor mir steht.

– Schwupps. Schon zurück.

Ein breites Grinsen ergreift von seinem mortadellafarbenen Gesicht Besitz. Ich sage:

– Das ging fix, Respekt.

Das Kerlchen grinst weiter, legt zwei Videokassetten auf den Tresen, lüpft dann mit der einen Hand seine Mütze, deutet mit der anderen Hand auf den frei gewordenen Teil seines Kopfes, fragt:

– Gibt's eigentlich Rabatt, wenn man wenig Haare hat?

Er hat überhaupt keine, sein Schädel ist haarlos. Ich sage:

– Tut mir leid, keine Haare, kein Rabatt.

Der Kunde schiebt die Unterlippe vor, sagt:

– Oh, strenge Sitten. Schade eigentlich.

Er stülpt die Anglermütze wieder über die Glatze, zuckt mit den Achseln, behauptet:

– Das klappt sonst immer, ungelogen.

Dann lacht er, schiebt die gekrempelten Sakkoärmel ein Stück nach oben und meint:

– Aber anschreiben lassen kann ich bei Ihnen doch, nicht wahr, wie sieht's aus, ja oder ja?

[Samstagmorgen]

Die Kunden verbreiten eine spürbar heitere und gelöste Stimmung in den ersten zwei Stunden des Samstags. Es herrscht wenig Betrieb in den Verkaufsräumen, die Atmosphäre hat fast etwas Feiertägliches. Die Kassen arbeiten mit großen Unterbrechungen. Alles, was nachher im Lärm und Trubel der Geschäftigkeit und des Andrangs untergeht, ist jetzt noch beinah lautes Geräusch: der helle Ton, dieses kurze *Beep* des Handscanners beim Einlesen des Barcodes, das aufgeregte, krächzende, leicht lispelige Gestotter, dieses *Tzzr-tzzr-tziritzzr-tzzr* des spastisch hin- und herjagenden Druckerkopfes beim Bondrucken und natürlich dieses türglockengleiche *Pling-blimm* der aufspringenden Kassenlade. All das hört man noch zu jener Zeit, zwischen neun und elf am Morgen, hört es laut und deutlich. Und wer sich nicht nur umhört, sondern auch umblickt, wird feststellen, dass auf jeden Kunden etwa drei Angestellte kommen. Und so sieht man, wie das Verkaufspersonal durch die Gänge schleicht, entlang der aufgefüllten Regale, dabei stets die wenigen Kunden beobachtend, denen sofort beigesprungen wird, sobald sie auch nur im Ansatz sich fragend umschauen. Genau diese Kunden, das sind die gut ausgeschlafenen, gelassenen Frühaufsteher, die erwartungsvollen Ungeduldigen oder die Nachtschwärmer, die sich nach einer durchtanzten, durchfeierten Nacht mit diversen Substanzen im Restblut ins Kaufhaus verirrt haben. Jeder ein angenehmer Kunde. Ein kleines Schnäppchen, eine Neuheit: Diese Kunden greifen zu, Kaufkraft schwellt die Brust, während sie lächelnd, Sprüche klopfend am Kassentresen stehen, mit diesem Funkeln in den Augen, mit diesem Blick, der von ihrem Versöhntsein mit der Welt kündet.

[# 3232]

Ein Pärchen wackelt Hand in Hand auf die Kasse zu, ein Mann und eine Frau mittleren Alters. Beide haben ein Übergewicht erreicht, das sie beim Gehen hin- und herschwanken lässt. Bei jedem zweiten Schritt stoßen die beiden mit den Schultern aneinander. Sie sagt:

– Wir möchten etwas tauschen.

Ihr Leben? Es klingt danach, so schauen sie mich an. Ich schaue zurück, schaue erst sie an, dann ihn, sehe, dass beide gleiche Anoraks, gleiche Polohemden und beinah identische Brillengestelle tragen. Im Gesicht des Mannes wuchert ein Vollbart. Die Frau sagt:

– Schauen Sie mal, hier.

Sie hält mir eine Tüte unter die Nase, darin befindet sich ein Tonträger. Sie meint:

– Diese CD habe ich letzte Woche bei Ihnen gekauft, und mein Mann hat sie schon.

Es klingt vorwurfsvoll, beinah ein wenig anklagend. Der Mann sagt:

– Ich habe die doppelt, meine Frau hat sich vertan.

Er vergräbt eine Hand in seinem Bart, sucht Blickkontakt zu seiner Frau. Sie sagt:

– Und jetzt würden wir die eben gerne gegen eine andere eintauschen, wenn das geht.

Ich nehme die CD aus der Tüte, betrachte sie einen Moment, sage:

– Tja, unversiegelte Ware, die nicht originalverpackt ist, nehmen wir in der Regel nicht zurück.

Die Frau lässt die Schultern sinken, hebt sie aber auch gleich wieder, sagt zu ihrem Mann:

– Siehst du, hab ich dir doch gesagt, oder?

Der Mann gibt nur ein Brummen von sich, während seine Frau sich wieder mir zuwendet. Sie sagt:

– Und was kann man da jetzt tun? Kann man gar nichts machen?

Eine ausgesprochen philosophische Frage, der ich ausweiche, indem ich erkläre, dass Umtausch, Reklamationen und Auskünfte eigentlich Sache der Abteilung sind. Ich sage:

– Das Beste wird sein, wir ziehen mal einen Fachmann zu Rate.

Und mit großer Geste winke ich dann einen Verkäufer heran, übergebe die Kunden seiner Obhut.

[Gruppengefühl]

Die Mehrzahl der Menschen geht allein einkaufen. Werktags sowieso. Von montags bis freitags sieht man in Kaufhäusern zwar hin und wieder mal Mütter Kinderwagen schieben oder den gelangweilten Nachwuchs an der Hand hinter sich herziehen, man sieht Touristen in kleineren und größeren, sich meist dann aber auch bald wieder zerstreuenden Gruppen durch die Verkaufsräume schwirren, sieht Schüler und Jugendliche zu mehreren in den Abteilungen, in denen Konsolenspiele und CDs angeboten werden, ab- und herumhängen, man sieht frisch oder weniger frisch verliebte Paare: Aber all das sind Ausnahmen. Besonders in technischen Kaufhäusern, wo letztlich die Beratung durch den Verkäufer zählt, nicht der Rat, die Meinung eines Freundes, einer Freundin. In bestimmten Geschäften, in Textil- und Modehäusern zum Beispiel, mag das anders sein, aber auch dort merkt man, dass am Wochenende die Kunden deutlich häufiger zu zweit, zu dritt, zu vielen, in Familie, mit Bekannten, mit Verwandten, als Rudel, Schar, Trupp, Kohorte, Korona, Rotte, Herde oder Horde unterwegs sind, um freiwillig, halbfreiwillig oder unfreiwillig Zusammengehörigkeit und Gemeinschaftssinn zu demonstrieren, selbst beim Bezahlen an der Kasse. Und das, obwohl speziell das Bezahlen, der Abschluss des Einkaufs, etwas ist, das dann am besten funktioniert, wenn die Verantwortlichkeiten klar verteilt sind.

[# 3496]

Vater, Mutter, Kind: untere Mittelschicht, und das gilt auch für die Laune. Vater und Mutter sehen übermüdet aus, verkatert. Das Kind, ein blasses Mädchen im Vorschulalter, hat eine Hörspielkassette in der Hand, aus dem Mund ragt ein Lollistiel.

– Gib dem Onkel die Kassette.

Das sagt die Mutter, und auf die Art, wie sie das Wort Onkel ausspricht, klingt es fast obszön.

– Los, mach schon.

Das sagt der Vater. Das Mädchen reagiert aber nicht, starrt mich bloß an, weshalb der Vater ihm die Kassette unsanft aus der Hand zerrt und auf den Tresen wirft. Ich sage:

– Dreizehnneunundneunzig bekomme ich dann jetzt.

Die Kleine reckt ihre Faust nach oben, reicht mir vier Münzen: Geld, von Kinderhänden warm.

– Willst du eine Tüte?

Das Mädchen wendet sich zu seiner Mutter um, presst erst die Wange, dann das ganze Gesicht verschämt gegen deren Rock. Die Mutter streicht dem Mädchen über das Haar, sagt:

– Der Onkel fragt, ob du eine Tüte willst.

Die Kleine schaut kurz zu mir, nimmt den Lolli aus dem Mund, streckt mir die Zunge raus, sagt:

– Das ist nicht mein Onkel.

Stimmt genau. Ich zwinkere dem Mädchen zu, packe die Kassette in eine Tüte. Der Vater sagt:

– Siehst du, jetzt bekommst du doch eine Tüte.

Ich reiche die Tüte über den Tresen. Die Kleine reißt sie mir aus der Hand, bewirft mich mit ihrem Lolli. Die rote Süßigkeit bleibt kurz an meiner Schulter kleben, dann fällt der Lolli zu Boden. Der Vater sagt:

– Sag mal, spinnst du?

Er packt das Mädchen grob an der Schulter, reißt es zu sich herum, versetzt ihm einen Klaps, fast schon einen Schlag, gegen die Hüfte. Die Kleine beginnt brüllend zu weinen. Die Mutter sagt:

– Kommt, bloß raus hier.

[Samstagmittag]

Verkaufsräume sind Kulissen nicht unähnlich. Orte, deren Dekoration aus viel Pressspan gezimmert ist, an denen Vergangenheit kaum einmal Spuren hinterlässt. Nur das Jetzt zählt, das Heute, aber dieses Jetzt und dieses Heute, die sind authentisch, nicht inszeniert, flimmerfrei. Anders als im Werbespot oder im Film oder in einer aufgezeichneten TV-Show geschieht hier, wie im Theater, alles live, ungeschnitten, ohne Sprecher aus dem Off, ohne Moderator. Auf Dauer scheint das den Menschen massiv zuzusetzen. Das ist an Samstagen gut zu beobachten. Wenn sich gegen ein Uhr, rund einhundertachtzig Minuten vor Ladenschluss, die Innenstadt merklich füllt, wenn Lärmpegel und Kundengedränge in den Kaufhäusern rapide ansteigen, dann schlägt der Einkaufsbummel bei manchem, der vielleicht seit dem Morgen unterwegs ist, bereits merklich aufs Gemüt: Freizeitstress aufgrund fehlender Einkaufskondition. Ungeduldig und quengelig tauchen die Kunden an den Kassen auf, tragen Wochenendfrust offen zur Schau. Weil, und das ist leicht zu erraten, alles natürlich suboptimal gelaufen ist oder läuft: Man hat das Gesuchte nicht gefunden, und was man dann doch gefunden hat, hat man sich nicht leisten wollen. Man hat zu viel Geld ausgegeben oder aber weniger, als man sich vorgenommen hat. Am Bankautomaten hat man bereits Ewigkeiten in der Schlange gestanden. Der Dispo-Kredit ist beinah ausgereizt, die neue Platinum-Card nicht freigeschaltet. Verkäufer sind von anderen Kunden umringt, patzig oder inkompetent gewesen. Und beim Warten mit der Ware in der Hand hat man plötzlich Gelegenheit, sich zu erinnern: beispielsweise auch an den Wagen, der im Parkhaus hohe Gebühren kostet oder im Halteverbot zurückgelassen wurde, also möglicherweise längst abgeschleppt ist. Das heißt: Schnell zurück ins echte Leben, in die privaten Kulissen. Auf zum finalen Showdown an die Kasse.

[# 3553]

– Können Sie den Preis abpulen und die CD bitte als Geschenk verpacken?

Die Frage wird in einer Art Befehlston geäußert. Ihr Urheber ist ein Mann mit energischem Kinn und Sonnyboylächeln. Er steht zwischen zwei Halbwüchsigen, einem Jungen, einem Mädchen, hat die Hände kameradschaftlich um die Schultern der Teenager gelegt, strahlt und sagt:

– Die Etiketten gehen immer unheimlich schlecht ab von den CDs, wissen Sie, und meist hat man hinterher auch noch Ärger mit den Kleberesten. Wenn man die CDs nämlich einfach so ins Regal stellt, backen die Hüllen aneinander.

Der Kunde holt kurz Luft, lässt die Zungenspitze vorschießen und fügt mit geleckten Lippen an:

– Tja, nicht gerade ideal, wenn man als Käufer da erst mal mit Scheuermittel bei muss. Sollte man wirklich ändern. Vielleicht könnten Sie das ja an die entsprechende Stelle weitergeben.

Ich bewege bejahend den Kopf, nehme die Scheckkarte des Kunden entgegen und kümmere mich, während er am PIN-Pad zu Gange ist, um das Etikett. Es lässt sich mühe- wie rückstandslos lösen.

– Mist, verdammter. Ziehen Sie die Karte eben noch mal durch bitte.

Der Kunde hat sich bei der Geheimzahl vertippt. Der Junge und das Mädchen schauen sich an. Ich frage:

– Wie finden Sie diese Geschenkverpackung hier?

Ich halte ihm die erstbeste hin, die ich finde: lila, glänzend, mit Blümchen. Er sagt:

– Ja, prima, die ist doch nett.

Ich lasse die CD in das glitzernde Papiertütchen gleiten, schließe es und will es gerade mit einem Klebestreifen zukleben, als sich der Kunde schon wieder meldet:

– Halt! Kann ich die CD noch mal sehen?

Ich reiche sie ihm. Er holt den Silberling aus der Hülle und hält ihn sich unter die Nase. Das Aluminium hinter der Polycarbonatschicht der CD reflektiert das Deckenlicht, das gebündelt über das Gesicht des Kunden huscht, während er die runde Scheibe eingehend inspiziert. Das Mädchen verdreht hinter seinem Rücken die Augen. Er sagt:

– Hm. Na ja, sieht so weit ganz okay aus. Neulich hatte ich eine, die hatte einen irren Kratzer.

Und als der Kunde daraufhin keine Anstalten macht, mir die CD zum Einpacken zurückzugeben, sondern vielmehr dazu ansetzt, mir zu erklären, dass defekte Ware keine Seltenheit ist, beginnt dann einer in der zwischenzeitlich entstandenen Schlange hinter ihm zu hüsteln, und der Junge sagt:

– Papa! Da sind noch andere Leute, die wollen auch bezahlen.

[Warteschlangen]

Eine Warteschlange ist eine lange Reihe von wartenden Menschen. Eigentlich. Aber weil man auch schon zu zweit Schlange stehen kann, vielleicht sogar allein, greift das zu kurz. Ganz konsequent sollte man sogar postulieren, dass an allen Orten, an denen potenziell eine Warteschlange entstehen kann, grundsätzlich eine Warteschlange als existent angenommen werden muss, selbst dann, wenn an diesen Orten gerade niemand wartet. Für diesen Zustand der totalen Abwesenheit von Kunden an einer Kaufhauskasse gibt es den Begriff der Nullschlange und analog dazu die Begriffe der Einer-, Zweier-, Dreierschlange und so weiter für Schlangen mit der jeweils entsprechenden Zahl wartender Menschen. Warteschlange ist nicht gleich Warteschlange. Das gilt auch und erst recht für den zeitlichen Aspekt der Wartereihenbildung. So lässt sich etwa das Phänomen beobachten, dass der zeitliche Abstand zwischen zwei Kunden, zwischen zwei einfachen Einerschlangen also, geringer ist, als ein normaler Kassiervorgang dauern würde, und so werden in einem solchen Fall beide Kunden als Teil ein und derselben Schlange, der sogenannten Tropfenschlange, betrachtet. Die Artenvielfalt der Warteschlangenwelt: Schlangen von bis zu vier Personen sind Kurzschlangen. Spontane Kurzschlangen wiederum Schlangen, welche von drei bis vier Kunden gebildet werden, die unvermittelt mehr oder weniger gleichzeitig auftauchen. Temporäre Langschlangen bestehen aus mehr als vier Personen und degenerieren nach gewisser Zeit wieder zu Kurz- oder gar Nullschlangen. Lang- wie auch Kurzschlangen, die sich selbst nach einer halben Stunde nicht zur Nullschlange zurückentwickelt haben, werden mit dem Terminus Endlosschlange belegt. Die Endlosschlange ist die Warteschlange, die einen Kassierer am meisten fordert und ihn zur Hochform auflaufen lässt. Sie ist der große Spaß.

[# 3685]

Die Ware liegt bereits in einer Tüte auf dem Tresen, der Bon ist längst gedruckt. Ich blicke die Reihe der Wartenden entlang, einmal bis zum Ende der Schlange, das neun Kunden entfernt ist, und wieder zurück zu der jungen Frau, die da vor mir steht, in ihrer Handtasche kramt und murmelt:

– Mist, Mist, Mist. Ich glaube, ich hab's im Auto liegen lassen.

Ohne aufzublicken, verteilt sie Teile ihres Tascheninhaltes neben der Kasse. Ich bediene derweil den nächsten Kunden, dann noch einen, als die junge Frau plötzlich in ihrem Tun innehält, den Blick hebt und nach einem Lachen mit hoher Stimme sagt:

– Ha, ich weiß. Ja, natürlich. Meine Güte, wie kann man nur so kurz hinter dem Pony sein.

Sie beißt sich auf die Unterlippe, tippt sich mit den Fingerspitzen gegen die Stirn, meint:

– Mein Freund hat das Portemonnaie. Klar.

Sie legt sich ins Kreuz, guckt an der Warteschlange entlang in Richtung Abteilung.

– Zu blöd aber auch.

Sie schaut mich an, halb kokett, halb flehend, flüstert:

– Oder darf ich mich gleich noch mal vordrängeln, wenn …

Sie verschwindet, noch ehe ich wirklich reagiert habe. Ich lege ihre Ware samt Bon auf die Seitenablage, kassiere weiter, höre etwa acht Minuten beziehungsweise zwanzig Kunden später von links:

– Pssst! Kuckuck, ich bin wieder da. Falls Sie bei Gelegenheit …

Sie deutet, als ich mich zu ihr umwende, zuerst auf das Portemonnaie in ihrer Hand, anschließend auf die Tüte hinter mir. Ich nicke kurz, sage zu dem Kunden, der gerade an der Reihe ist:

– Bitte einmal die Geheimzahl eingeben und bestätigen bitte.

Ich nehme, während der Kunde tippt, einen Geldschein von der jungen Frau entgegen, gebe danach dem Kunden, der inzwischen mit dem Tippen fertig ist, die Scheckkarte zurück, frage ihn, ob er eine Tüte wünscht, verabschiede ihn, als er verneint, sage zum nächsten Kunden:

– Guten Tag.

Entsichere die CD, die dieser Kunde mir reicht, scanne den Preis ein, spreche den Preis laut vor, gebe der jungen Frau zwischendurch das Wechselgeld und die Ware, auf die sie ohne Mucks gewartet hat, und stelle fest, dass sie über das ganze Gesicht strahlt. Sie sagt:

– Danke, ein wunderschönes Wochenende wünsche ich Ihnen.

Und mit halbem Auge sehe ich noch, wie sie ihren Handteller küsst und mir den Kuss zupustet.

[Samstagnachmittag]

Was in den Morgenstunden noch deutlich als einzelner, sinnlicher Reiz wahrnehmbar gewesen ist, geht in der hektischen, lauten, grellen Atmosphäre des Nachmittags mehr und mehr unter. Das Rattern der Rolltreppen, die Hintergrundmusik, das Schellen der Kassen, jede Klangfarbe, alles Hörbare verliert sich in dem breiigen, flächigen, beständig weiter anschwellenden, aufreizenden Lärm, zu dem sich sämtliche Geräusche, die durch die Verkaufsräume schallen, verdichtet haben. Je weiter sich der Samstag dem Ladenschluss nähert, desto ununterscheidbarer scheinen außerdem die Menschen zu werden, unterschiedsloser in Kleidung und Aussehen: Man schaut als Kassierer nur noch nebenbei, flüchtig in die Gesichter der Kunden. Aus den Null-, Tropfen- und spontanen Kurzschlangen des Vormittags, die sich ab mittags immer häufiger zu temporären Langschlangen ausgewachsen haben, sind an allen Kassen nicht mehr abreißen wollende Endlosschlangen geworden. Mehrere tausend Kunden schieben sich zwischen Untergeschoss und drittem Stock durch die Gänge, scharen sich in den Abteilungen um die Verkäufer, drängeln auf den Rolltreppen, sorgen dafür, dass das Kassenpersonal an die Belast- und Machbarkeitsgrenzen getrieben, zu Höchstleistungen angestachelt wird: Stillstand wird nicht geduldet. Eine Warteschlange muss ständig in Bewegung bleiben, sonst droht Unruhe. Ein Kassierer spürt das, registriert sofort, wenn sich Unmut unterschwellig Bahn bricht, sich anschickt, als eine Art Impuls von hinten durch die Reihe der Anstehenden nach vorne zu schwappen. Ein erfahrener Kassierer, der seine Tätigkeit beherrscht, schätzt diese heiklen Momente, in denen alles auf der Kippe steht, in denen es gilt, die Geschwindigkeit hoch zu halten und zwei Stunden am Stück Vollgas zu geben: Das Zentralnervensystem steht unter Dauerfeuer, der Blutzuckerspiegel steigt, Hormone werden in Mengen ausgeschüttet, alles scheint zu fließen. Handgriffe werden effizienter, präziser, fast virtuos. Das Tun spaltet sich Stück um Stück mehr von der bewussten Wahrnehmung ab: Was getan wird, geschieht, geschieht automatisch.

[# 3729]

Mit der einen Hand schichte ich die aufeinandergestapelten fünf Artikel, die mir die Kundin da auf den Tresen gestellt hat, Stück für Stück ab, schichte sie gleich daneben wieder auf, halte in der anderen Hand den Scanner und scanne, während ich staple, damit die Preise ein. Die Kundin sagt:

– Ich habe gezählt, zwölf Kunden waren vor mir.

Ich drücke die Endsummentaste, schaue kurz auf das Display der IBM 4693-212, sage:

– Sechzig Mark und einundneunzig, bitte.

Die Kundin klappt ein abgegriffenes, rotes Lederportemonnaie auf. Sie sagt:

– Zwölf waren vor mir, und zwölf sind jetzt auch wieder hinter mir, faszinierend.

Die passionierte Zählerin zieht die Spitze eines Hunderters aus der Geldbörse, und noch im selben Augenblick, in dem sie den Schein in Richtung Tresen befördert, habe ich das Wechselgeld schon mit ein paar schnellen Bewegungen aus der Kassenlade gezählt, sage:

– Danke schön.

Ich drapiere die Banknoten des Wechselgeldes, einen Zwanzig- und einen Zehnmarkschein, leicht gefächert übereinander, platziere darauf, als sich nach oben verjüngenden Turm, die Münzen: ein Fünfmarkstück, zwei Zweimarkstücke, ein Fünfpfennigstück, zwei Zweipfennigstücke. Ich sage:

– Neunundreißigmark und neun Pfennig gibt es zurück.

Und noch während ich das sage, bringe ich den Münzturm mit einer wohl kalkulierten Berührung meiner Hand sanft zum Kippen: Aus dem Turm wird eine Münzsichel. Ich frage:

– Eine Tüte?

Mein Blick streift bei dieser Frage kurz das Gesicht der Kundin und mir fallen ihre fleckigen Zähne und ein erhabener Leberfleck auf der Oberlippe auf. Sie sagt:

– Ja, sehr gern, das wäre natürlich nett.

Ich verpacke die Ware in eine Plastiktragetasche, reiche sie der Kundin, verabschiede mich:

– Vielen Dank. Auf Wiedersehen.

Und als ich mich bereits der Ware des nächsten Kunden widme, sagt die Vorzählerin noch:

– Inzwischen sind es, Moment, übrigens dreizehn Kunden, nein, Entschuldigung, vierzehn.

[Wochenfinale]

Der enorme Andrang an den Kassen in den letzten anderthalb Stunden des Samstags lässt die Sekunden und Minuten förmlich verfliegen. Ist viel los, läuft nicht immer alles rund. Die Bonrolle muss getauscht werden, eine Tütensorte ist aus, einem Kunden die Geheimzahl entfallen, ein anderer kann sein Mitteilungsbedürfnis nicht zügeln. Es passieren unvorhergesehene Dinge – ein Kassierer muss stets auf der Hut sein. Die meisten Menschen gestehen einem Angestellten eines Kaufhauses, besonders im Krisenfall, kaum mehr als den aufrechten Gang zu, und Wartende, die eingereiht in eine lange Endlosschlange stehen, beobachten genau, sehr genau, sehnen jede Verfehlung herbei, die ihnen Argumente liefert, welche beweisen, dass ihre Geduld unnötig lang auf die Probe gestellt wird. Hier helfen nur Fehlerlosigkeit und eine Menge handwerkliches Geschick, und oft reicht selbst das nicht. Bei massivem Andrang müssen Kassierer Selbstsicherheit ausstrahlen, Souveränität, Würde, Eleganz. Sie müssen, wenn das Ende der Schlange nicht mehr zu sehen ist und sie bereits schnell arbeiten, schneller arbeiten. Sie sollten zwei, drei Kunden gleichzeitig bedienen können, ohne dabei den Überblick zu verlieren oder hektisch zu wirken. Es hilft, wenn Kassierer lernen zu antizipieren. Wird der Kunde bar oder mit Karte zahlen? Wenn er bar zahlt: Mit welchem Schein wird er zahlen? Tüte oder nicht? All das sollten Kassierer ahnen können, sollten aber jederzeit auch flexibel reagieren können, mit dem Abwegigsten rechnen, auf alles Denkbare vorbereitet sein. Schließlich sollten Kassierer in Sachen Kunstfertigkeit trainiert sein, sollten Geld im Mehrfingersystem und einhändig aus der Kassenlade zählen, Münzen mit dem Fingernagel vom Tresen hochschnippen sowie Pfennige auf Fingerkuppen kreisend balancieren oder Banknoten von Finger zu Finger einer Hand wandern lassen können. Das verschafft Respekt, und wer Respekt hat, darf ungestört arbeiten, und wer ungestört arbeitet, wird erstaunt sein, wie schnell die Zeit tatsächlich rast: Weil er plötzlich perplex feststellt, dass sich die Warteschlange restlos aufgelöst hat, niemand mehr an der Kasse steht, die Geschäftsräume kundenleer sind, dass die Arbeitswoche vorüber, dass Feierabend ist.

[#####]

Die Kassenlade ist geöffnet, die Banknotenfächer quellen über. Ich lege den Kopf in den Nacken, schaue direkt in das Licht der Deckenbeleuchtung über mir. Es kribbelt in der Nase.

Ich spüre, wie sich der Niesreflex ankündigt, halte mir die Nase zu, niese. Eine Stimme sagt:

– Oh, oh, Gesundheit und bless you, Hatschi Halef Cashman.

Ich niese noch einmal. Sehe dabei, wie schon beim ersten Mal, wieder so eine Art strahlendweiße Explosion vor Augen, höre, nach einem Augenblick der Stille, die gleiche Stimme wie eben sagen:

– Once again, boy: Gesundheit.

Vor mir steht Kollege George. Ein breites Zahnpastagrinsen zerreißt sein Gesicht. Er sagt:

– Hey, crazy Cashman, Feierabend, Weekend, Fin de partie.

Ich klappe die Plastikzunge, die auf den Hundertmarkscheinen ruht, zurück, hole den gut zwei Finger hohen Stapel Banknoten aus der Kassenlade, sage:

– Ich muss eben noch das Trinkgeld zählen.

Kollege George stößt einen lauten Pfiff aus, klatscht anerkennend in die Hände:

– Applauso, applauso. Machen wir fifty-fifty.

Er lacht glucksend. Ich teile das Geldscheinbündel, das ich in der Hand halte, lege die beiden Hälften auf den Tresen, schiebe den einen Stapel ein Stückchen in Richtung Kollege George, sage:

– Dein Anteil.

Kollege George gefriert für die Winzigkeit eines Momentes das Lächeln auf den Lippen. Er sagt:

– Jesus. Das reicht für einen Shorttrip to Honolulu, all inclusive.

George streckt mit zeitlupengleichen Bewegungen die Finger nach dem Geldscheinstapel aus, stoppt, kurz bevor er ihn erreicht. Er lacht laut auf und hält mir die Hand zum Abschied hin, sagt:

– Nimm du das Geld, crazy Cashman. Ich arbeite eh nur for fun.

Ich schlage ein. George schüttelt kräftig meine Hand. Er sagt:

– Wir sehen uns Montag, Mann. In alter Frische.

George verschwindet in Richtung Rolltreppen, und in den Verkaufsräumen wird der erste Teil des Oberlichts ausgeschaltet. Ich lockere die Krawatte, betrachte die beiden vor mir auf dem Tresen liegenden Geldscheinstapel, lächle, beginne, das Geld zu zählen.

Am Stadtrand | Moleküle, die das Sein bestimmen

Der Himmel über den Häusern am Stadtrand ist wolkenverhangen, voller Grautöne. Es hat einige Schauer gegeben im Laufe des Tages. Schwüle Luft, drückend, gewittrig. Die Temperaturen liegen selbst jetzt, am späten Nachmittag, noch um die neunundzwanzig Grad. In der Peripherie, in der Siedlung beim Einkaufszentrum wird geschwitzt. Kinder spielen in den Höfen der Häuserblocks Fußball, turnen auf den Spielgeräten der Kinderspielplätze herum, radeln auf Minidrahteseln, zum Teil noch mit Stützrädern, über die Wege vor und zwischen den Häusern. Mütter sitzen auf den Bänken bei den Sandkisten, blättern in Illustrierten oder schauen dem Nachwuchs beim Buddeln, beim Herumpusseln mit Schäufelchen, Sieb, Eimer und Förmchen zu. Familienväter hantieren in Erdgeschossvorgärten mit Gartenschläuchen oder heizen Holzkohle in Grills an. Auf dem Rasenstück vor der Tiefgarage bei der Ausfallstraße dreht der zuständige Hausmeister mit einem Rasentraktor seine Runden. Er sitzt im weißen Unterhemd auf dem Bock seines kleinen, roten Aufsitzmähers, hat sich eine Zigarette zwischen die Lippen geklemmt. Am Heck des betagten Traktors spritzt aus einem wackligen Auswurfarm das gemähte, gehäckselte Gras. Das Motorengeknatter übertönt sämtliche Geräusche der Umgegend, mischt sich noch in weit entfernten Wohnungen unter den Krach, der dort den Ton angibt: unter den Lärm von Stereoanlagenmusik, von Waschmaschinen, Trocknern, Geschirrspülern, Bohrmaschinen, von Gehämmere, Gehandwerke, von Menschen, die auf Balkonen oder bei weit geöffneten Fenstern telefonieren, sich etwas zurufen, sich streiten, anschreien oder einfach nur unterhalten. Später, am Ende des Tages, als nach und nach all diese Geräusche fast gänzlich verstummt sind, es dunkel geworden ist, die Straßenlaternen die Bürgersteige vor den Häusern beleuchten, der Verkehr auf der Ausfallstraße nachgelassen hat, nur noch vereinzelt Autos und alle zwanzig Minuten Linienbusse stadtein- oder -auswärts fahren, kehrt dann fast so etwas wie Stille am Stadtrand ein. Man hört das leise, singende Geräusch der nicht weit entfernt vorbeiführenden Autobahn, ein paar verwehte Töne, die der Wind zusammentreibt, hier und da Hundegebell oder das zischelnde Geräusch eines Rasensprengers im Hof und immer seltener Schritte und Stimmen auf der Straße. Die Parkplätze vor den Häusern sind voll belegt. Man sieht Küchen- und Schlafzimmer hinter zugezogenen Gardinen oder heruntergelassenen Jalousien und Rollos im Dunkeln liegen, sieht flackerndes, petrolblaues, grünstichiges Fernseherlicht Wohnzimmerfenster erhellen. Von Zeit zu Zeit geht irgendwo in einem der Treppenhäuser die Beleuchtung an, erlischt nach einer Weile wieder. Die Nacht ist lau. Das angekündigte Gewitter ist ausgeblieben und nur als fahles Wetterleuchten kurz nach Einbruch der Dunkelheit im Südwesten am Horizont zu sehen gewesen. Der Duft von frisch gemähtem Gras liegt in der Luft. Bald werden die ersten Teenager, die vor ein paar Stunden allein oder in Grüppchen in den Samstagabend aufgebrochen sind, zurückkehren. Die Erwartung, die Sehnsucht mit der sie losgezogen sind, und dieser Ausdruck des beinah kindlichen Verlangens nach dem Unbekannten, vielleicht auch Namenlosen werden nahezu vollständig aus ihren Gesichtern gewichen sein und einer manchmal einsamen, manchmal glücklichen, zum Teil trunkenen Müdigkeit Platz gemacht haben. Die Nacht wird voranschreiten. In immer weniger Fenstern wird Licht zu sehen sein, es wird stiller und immer stiller werden, in den allermeisten Wohneinheiten wird Ruhe Einzug halten, kaum mehr jemand wach sein.

Die Nacht ist lau.

Gegenüber der Tiefgarage, in dem Haus mit der Hausnummer eins, im dritten Stock rechts, steht das Fenster in der Küche auf Kipp. Die Balkontür auf der anderen Seite der Wohnung ist weit geöffnet. Ein Luftzug weht durch die Räume dazwischen, durch Flur und Küche. Ein Zettel, der mit einem Magnetclip an der Kühlschranktür befestigt ist, flattert im Windhauch. Am Fenster über dem Herd hängt eine Wanduhr. Sie zeigt dreiundzwanzig Uhr zehn. Es ist dunkel in der Küche. Lediglich das schummrige Licht der Straßenlaternen fällt von draußen in den kleinen, würfelartigen Raum. Auf der Arbeitsplatte neben dem Spülstein stehen ein benutzter Frühstücksteller, ein Teebecher, ein leeres Saftglas. Auf dem Teller liegt neben hellen Toastkrümeln und einem geknautschten Teebeutel ein chromfarbenes Buttermesser. An der blanken Schneide kleben Marmeladenreste. Der Wasserhahn tropft. Im Zimmer nebenan summt der Lüfter eines Rechners. Der Minutenzeiger der Küchenuhr rückt mit einem leisen, metallischen Klicken eine Stelle weiter nach rechts. Die Kühlschranktür wird geöffnet. Flaschen klappern. Ein Lichtfeld breitet sich auf den dunklen Fliesen des Küchenbodens aus. Eine Flasche Eistee wird aus dem Kühlschrank entnommen, der Drehverschluss geöffnet. Lippen berühren Glas. Drei Schlucke werden getrunken, ohne Hast. Die Flasche wird wieder abgesetzt, sorgsam verschlossen, zurück in den Kühlschrank gestellt. Die Kühlschranktür bleibt geöffnet. Nackte Füße gehen über glatte, kalte Fliesen in Richtung Fenster, verharren dort. Im Doppelglas der Scheibe spiegeln sich die Konturen eines Gesichts und die Umrisse eines mit einem weißen T-Shirt bekleideten Oberkörpers. Es sind das Gesicht und der Oberkörper eines jungen Mannes. Er, der junge Mann, steht am Fenster, hat die Hände in den Hosentaschen seiner Jeans vergraben und guckt nach draußen. Sein Blick reicht weit in Richtung Westen, schweift zunächst hinweg über die Tiefgarage und die in ein gelbliches, beinah orangefarbenes Licht getauchte Kreuzung vor dem Einkaufszentrum, wandert hoch in den dunklen, wolkenverhangenen Stadthimmel, der heller wirkt am Horizont und dessen mattes Grau, wie der junge Mann feststellt, nachdem seine Augen sich an die von dem Widerschein unzähliger Lichtquellen aufgehellte Dunkelheit gewöhnt haben, tatsächlich gar kein richtiges Grau zu sein scheint, sondern sich eher als ein fahles Weißblau entpuppt, das bei längerer Betrachtung sogar leicht ins Rötliche spielt, zumindest wo die Wolkendecke geschlossen ist. An einer der aufgerissenen Stellen sind gerade die blinkenden, sich nordwärts fortbewegenden Lichter eines tief fliegenden Flugzeugs zu sehen, grün, rot. Sirenengeheul ist zu hören, fern, sich bald wieder in der Stille verlierend. Und in dieses Nichts der Stille hinein detoniert dann unvermittelt irgendwo in der Nähe, vielleicht bei den Mülltonnen, mit hartem Schlag ein Knallkörper. Der junge Mann wird aus seinem Versunkensein ins Betrachten gerissen, zuckt kurz zusammen. Der Kühlschrank brummt, wird von einem leichten Rütteln erfasst, beginnt zu arbeiten. Der junge Mann wendet sich vom Fenster ab, geht zum Kühlschrank, bleibt dort einen Moment in dem angenehm kühlen Hauch, der aus dem Inneren des Geräts dringt, stehen, nimmt noch einen Schluck Eistee, schließt dann die Kühlschranktür. Er geht durch Flur und Wohnzimmer zum Balkon. Der Teppichboden, helle, an der Oberfläche sich samtig anfühlende Auslegeware aus Velours, schluckt die Schrittgeräusche. Das weiche Gewebe kitzelt unter den Sohlen. Der junge Mann setzt sich auf den Absatz an der Tür zum Balkon. Zu seinen Füßen steht ein zum Aschenbecher umfunktioniertes Marmeladenglas. Es ist zur Hälfte mit ausgedrückten Kippen gefüllt. Neben dem bauchigen Glas liegen eine Packung Zigaretten und ein Feuerzeug. Ein Wäscheständer ist auf dem Balkon aufgestellt, an dessen ausgeklappten Seitenteilen hängen je zwei blassblau-weiß gestreifte, frisch gewaschene, nasse Oberhemden an Plastikkleiderbügeln. Tropfen perlen von den Manschetten, träufeln auf den Estrich. Der junge Mann nimmt eine Zigarette aus der Schachtel, klemmt den Filter zwischen die Lippen, zündet die Zigarette an, raucht. Der würzige Geschmack des inhalierten Rauchs mischt sich mit dem süßlichen Aroma des Eistees. Der junge Mann bläst den inhalierten Rauch durch die Nase wieder aus, reibt die Zunge am Gaumen, lässt die Hand, mit der er die Zigarette hält, sinken, öffnet das bauchige Marmeladenglas, klopft den Aschezylinder am Rand des Glases ab, führt den Filter wieder zum Mund.

Der junge Mann raucht.

Du rauchst, rauchst die Zigarette bis zum Filter runter. Begibst dich anschließend in dein Arbeitszimmer, setzt dich an den Schreibtisch, vor die Tastatur deines Rechners, blickst auf den Monitor. Helle Bildpunkte bewegen sich mit hoher Geschwindigkeit vor schwarzem Hintergrund von der Mitte des Schirms in alle Richtungen nach außen, werden größer dabei, scheinen auf dich zuzurasen: ein Sternenfeld, ein Meer von Sternen. Du betätigst die längste Taste, die Leertaste, die stellare Simulation, das digitale Pixeltreiben, der Bildschirmschoner verschwindet. Auf dem Monitor erscheinen absatzlose Zeichenreihen, Hunderte von Buchstaben, arrangiert zu einem kastenartigen Wortfeld. Du schließt die Textdatei, an der du in den letzten Stunden gearbeitet hast, lässt den Rechner die vorgenommenen Änderungen speichern. Zwischen der Escapetaste und der ersten Funktionstaste hängt ein Haar in der Tastatur. Du starrst es an: ein feines, sehr feines, fadenförmiges Gebilde aus Hornsubstanz. Ketten von Molekülen, die das Sein bestimmen, denkst du, stecken dort unter der Haarrinde, irgendwo zwischen Spitze, Schaft und Wurzel. Ein Gedanke, der nichts in dir in Gang setzt, keine Vorstellung auslöst, einfach gedacht wird, um wieder zu verschwinden. Du öffnest ein Menü, ein Programm, wählst über dessen Symbolleiste einen Befehl aus. Die Kuppe deines rechten Zeigefingers berührt mit leichtem Druck eine Plastikoberfläche, du hörst das Klicken der linken Maustaste, ein Fenster geht auf. Das Modem sendet den Wahlstring. Eine schnelle Abfolge von synthetisch erzeugten Tönen erklingt, dann ein längeres Tuten, gefolgt von einem kratzenden, krächzenden, stotterigen Rauschen, das anschwillt, an seinem Höhepunkt von einem heiseren Fiepen begleitet wird, wieder abbrandet. *Anwahl erfolgreich … Verbindung hergestellt*, liest du in einer Zeile am unteren Rand des geöffneten Fensters. Das Fenster schließt sich kurz darauf automatisch. Du wartest, bis die Startseite sich aufgebaut hat, tippst eine Adresse, eine längere Kombination aus Buchstaben, Punkten und Schrägstrichen, drückst die Entertaste, lehnst dich im Stuhl zurück, spürst die gepolsterte Lehne an deinem Rücken, rutschst auf der Sitzfläche nach vorn. Schaust zu, wie sich die aufgerufene Seite langsam aufbaut, Element für Element. Begrüßung. Überschrift. Werbekästchen. Die Aufforderung, ein Lesezeichen zu setzen. Ein Garantieversprechen: die Versicherung, alles, was dir zur Verfügung gestellt wird, hier kostenlos, Ausrufungszeichen, zu erhalten, täglich aktualisiert um Mitternacht, Punkt, Punkt, Punkt. Du blickst auf ein Kästchen am unteren Rand des Bildschirms, auf den Zahlenwert, der über den Fortschritt des Ladeprozesses informiert. Fünfundvierzig Prozent der Seite sind geladen. Du verschiebst die auf dem Schirm befindlichen Inhalte nach oben. Gelangst auf diese Weise zu einem Katalog, einem langen Verzeichnis, das insgesamt rund dreißig Kategorien umfasst, wobei jeder dieser Kategorien, jedem der Katalogeinträge, im Schnitt etwa zwanzig bis fünfzig Verknüpfungen zu verschiedenen Seiten und Dokumenten im Netz zugeordnet sind. Ein numerischer Wert und zwei, drei Wörter geben jeweils Auskunft über das, was sich hinter den Verknüpfungen verbirgt, *10 never before seen, 30 ruff-tuff stuff, 12 the wild thing.* Auf den ersten Blick, findest du, wirkt dieses Verzeichnis, wenn es sich nach und nach auf dem Bildschirm aufbaut, mit seinen Aberhunderten von Einträgen so, als würde es sich um einen komplizierten, schwer zu knackenden Code handeln. Das Gegenteil ist der Fall. Tatsächlich ist dieses Verzeichnis nichts weiter als der aktuelle Index einer archivähnlichen Sammlung von Fundstellen, an denen Bilddaten abgelegt sind: Darstellungen monothematischer Art, digitale Ansichten körperlicher, menschlicher Blöße. *100 % geladen. Fertig.* Du beginnst, das Verzeichnis mehr oder weniger systematisch zu durchforsten, wählst sechs, sieben der Verknüpfungen aus, *20 licky licky, 10 sheathing the shaft, worldwide mix, 25 huge juggs* und so weiter, öffnest diese in neuen Fenstern, wartest. Schaust zu, wie sich daumennagelgroße Felder in den geöffneten Fenstern mit Pixeln füllen. Betrachtest Bildergalerien, wechselst Seiten, minimierst, maximierst sie, schließt Dokumente und Fenster, lässt neue laden, *10 juicy splatters, 20 amateurs outdoors, 14 nasty naughty neighbors*, suchst etwas, etwas, das dein Auge verweilen lässt, eine bestimmte Geste, eine Haltung, ein Arrangement, einen Gesichtsausdruck, einen dich faszinierenden Akt, ein Detail, eine Kleinigkeit womöglich nur, einen eingefangenen Moment, der etwas in dir auslöst, *Click here to enter*, Ausrufungszeichen, der dich stimuliert. Und du wirst bald fündig, findest die Datei, das Bild, das eine, das du dir vergrößert anschaust, in das du dich verlierst, das dich dich vergessen macht, legst Hand an.

Eine Kleinigkeit womöglich nur.

Später. Kurz vor Mitternacht. Deine Augen brennen. Du korrigierst deine Sitzhaltung, lässt die Arme locker neben den Lehnen deines Stuhls baumeln, versuchst, die Nackenmuskulatur zu lockern. Auf dem Schirm des Monitors ist die Maske einer Suchmaschine zu sehen. Ein schmaler Cursorbalken blinkt im Eingabefeld. Du überlegst, ob du noch weiter recherchieren sollst, entscheidest dich dagegen, fährst den Rechner herunter. Greifst nach der Dose mit Erdnüssen, die neben der Schreibtischlampe steht, schüttest dir ein paar der halbierten Hülsenfruchtsamen in die Hand, isst sie aus der locker geballten Faust. Schmeckst den salzigen Geschmack auf der Zunge, spürst das leichte Beißen der Gewürze an den Lippen. Eine Nachricht, orangefarbene Schrift vor schwarzem Fond, erscheint auf dem Bildschirm: *Sie können den Computer jetzt ausschalten*. Du liest den Satz, dein Blick schweift ab, fällt auf das Haar, das neben der Escapetaste in der Tastatur hängt. Du greifst danach, hältst es dicht vor die Augen. Die Schrift im Hintergrund deines Blicks verschwimmt. Du gähnst. Drehst das Haar zwischen den Fingerkuppen von Daumen und Zeigefinger hin und her, denkst über den kommenden Tag nach. Überlegst, dass du morgen, nach dem späten Aufstehen, einen Ausflug mit dem Fahrrad machen könntest, um irgendwo Mittag zu essen. Dass du dich hinterher sicher wieder vor den Rechner setzen, dir vielleicht die Notizen angucken wirst, die du diese Woche begonnen hast, dir zu machen, an deinem Arbeitsplatz: Du, der Kassierer, der du bist. Vielleicht. Vielleicht wirst du dich aber auch einfach ein bisschen leer und antriebslos fühlen, namenlos deprimiert, wie so oft an Sonntagen, wirst vor dem

Fernseher liegen, nichts tun. Wer weiß. Aber das ist morgen. Und jetzt, beschließt du, beschließe ich, ist Zeit fürs Bett. Ich schalte den Rechner aus, schalte den Monitor aus, lösche das Licht, erhebe mich. Habe noch das Haar in der Hand, rolle es noch immer zwischen den Fingerkuppen hin und her, lasse es, während ich den Raum verlasse, los. Lasse es los, denke: Du hast es, noch ehe es zu Boden gefallen ist, vergessen.